中草药科普图书

古典诗词中的
中草药发现之旅

U0062620

《诗经》里的
中草药

主编 刘凯 副主编 费晓光

天津出版传媒集团

天津科学技术出版社

图书在版编目（ＣＩＰ）数据

《诗经》里的中草药 / 刘凯主编. -- 天津：天津
科学技术出版社, 2024.3
　　ISBN 978-7-5742-1710-2

　　Ⅰ.①诗… Ⅱ.①刘… Ⅲ.①《诗经》– 诗歌研究②
中草药 – 基本知识 Ⅳ.①I207.222②R28

　　中国国家版本馆CIP数据核字(2024)第028647号

《诗经》里的中草药
SHIJING LI DE ZHONGCAOYAO
责任编辑：李荔薇
责任印制：兰　毅
出　　版：天津出版传媒集团
　　　　　天津科学技术出版社
地　　址：天津市西康路35号
邮　　编：300051
电　　话：（022）23332390
网　　址：www.tjkjcbs.com.cn
发　　行：新华书店经销
印　　刷：天津中恒印务有限公司
开本 787×1092　1/16　印张 11.75　字数 190 000

2024年3月第1版第1次印刷
定价：98.00元

序

　　几千年前，我华夏大地出现了很多会写诗歌的人，这些诗歌被后世称为至圣先师的孔子精心整理，成为了我们今天看到的经典著作——《诗经》。

　　先秦时期，周朝先人的生活，就在眼前，在这些诗里上演一部历史大剧

　　你看：

"采采卷耳，不盈顷筐；

嗟我怀人，置彼周行。"

　　正在诉说思念

　　再看：

"于以采蘋？南涧之滨。

于以采藻？于彼行潦。

于以盛之？维筐及筥。

于以湘之？维锜及釜。

于以奠之？宗室牖下。

谁其尸之？有齐季女。"

　　这是在准备祭祀

　　《诗经》带我们穿越时空看一场植物盛宴，感触先人的智慧，或拾荒果腹，或采药愈疾，或祭祀祖先，或互倾情愫。

　　看那些随岁月流转延续至今的生命依然繁茂，我们看到却不知其名的小草，许是那救命的良药，你不知道它们的传说，它们的历史，它们的价值。

　　就在这本书中寻找吧！

目录

荇菜【诗歌鉴赏】风·周南·关雎 - 001 -

葛根【诗歌鉴赏】风·周南·葛覃 - 004 -

繁缕【诗歌鉴赏】风·周南·卷耳 - 007 -

葛蔓【诗歌鉴赏】风·周南·樛木 - 010 -

桃仁【诗歌鉴赏】风·周南·桃夭 - 013 -

车前草【诗歌鉴赏】风·周南·芣苢 - 016 -

牡荆子【诗歌鉴赏】风·周南·汉广 - 019 -

蒌蒿【诗歌鉴赏】风·周南·汉广 - 022 -

楸木皮【诗歌鉴赏】风·周南·汝坟 - 025 -

白蒿【诗歌鉴赏】国风·召南·采蘩 - 028 -

蕨【诗歌鉴赏】风·召南·草虫 - 031 -

小巢菜【诗歌鉴赏】风·召南·草虫 - 034 -

水鳖【诗歌鉴赏】风·召南·采蘋 - 038 -

聚藻【诗歌鉴赏】风·召南·采蘋 - 041 -

棠梨【诗歌鉴赏】风·召南·甘棠 - 044 -

目录

乌梅【诗歌鉴赏】风·召南·摽有梅　- 047 -

白茅根【诗歌鉴赏】风·召南·野有死麕　- 051 -

郁李仁【诗歌鉴赏】风·召南·何彼襛矣　- 054 -

李子【诗歌鉴赏】风·召南·何彼襛矣　- 057 -

芦根【诗歌鉴赏】国风·召南·驺虞　- 060 -

酸枣仁【诗歌鉴赏】风·邶风·凯风　- 063 -

芜菁【诗歌鉴赏】风·邶风·谷风　- 066 -

莱菔【诗歌鉴赏】风·邶风·谷风（节选）　- 069 -

苦菜【诗歌鉴赏】风·邶风·谷风　- 072 -

荠菜【诗歌鉴赏】风·邶风·谷风　- 075 -

榛子【诗歌鉴赏】风·邶风·简兮　- 078 -

甘草【诗歌鉴赏】风·邶风·简兮　- 081 -

刺蒺藜【诗歌鉴赏】风·鄘风·墙有茨　- 085 -

松萝【诗歌鉴赏】风·鄘风·桑中　- 088 -

桑椹子【诗歌鉴赏】风·鄘风·桑中　- 092 -

目 录

小麦【诗歌鉴赏】风·鄘风·桑中 - 095 -

粟子【诗歌鉴赏】风·鄘风·定之方中 - 098 -

梧桐子【诗歌鉴赏】风·鄘风·定之方中 - 101 -

生漆（漆树）【诗歌鉴赏】风·鄘风·定之方中 - 104 -

梓白皮【诗歌鉴赏】风·鄘风·定之方中 - 107 -

川贝母【诗歌鉴赏】风·鄘风·载驰 - 110 -

竹茹（竹叶）【诗歌鉴赏】风·卫风·淇奥 - 113 -

瓠子【诗歌鉴赏】风·卫风·硕人 - 116 -

桧叶【诗歌鉴赏】风·卫风·竹竿 - 119 -

松叶【诗歌鉴赏】风·卫风·竹竿 - 122 -

萝摩【诗歌鉴赏】国风·卫风·芄兰 - 125 -

萱草根【诗歌鉴赏】国风·卫风·伯兮 - 128 -

木瓜【诗歌鉴赏】国风·卫风·木瓜 - 131 -

黍米【诗歌鉴赏】风·王风·黍离 - 135 -

益母草【诗歌鉴赏】国风·王风·中谷有蓷 - 138 -

目录

青蒿【诗歌鉴赏】国风·王风·采葛 ⸺ - 141 -

艾叶【诗歌鉴赏】国风·王风·采葛 ⸺ - 144 -

火麻仁（大麻）【诗歌鉴赏】国风·王风·丘中有麻 ⸺ - 147 -

木槿花【诗歌鉴赏】国风·郑风·有女同车 ⸺ - 150 -

莲花【诗歌鉴赏】国风·郑风·山有扶苏 ⸺ - 153 -

荭草【诗歌鉴赏】国风·郑风·山有扶苏 ⸺ - 156 -

茜草【诗歌鉴赏】国风·郑风·东门之墠 ⸺ - 159 -

佩兰【诗歌鉴赏】国风·郑风·溱洧 ⸺ - 162 -

白芍【诗歌鉴赏】国风·郑风·溱洧 ⸺ - 165 -

酸模【诗歌鉴赏】国风·魏风·汾沮洳 ⸺ - 169 -

泽泻【诗歌鉴赏】国风·魏风·汾沮洳 ⸺ - 173 -

榆白皮【诗歌鉴赏】国风·唐风·山有枢 ⸺ - 176 -

知识拓展 ｜

藏在《诗经》里的鱼儿家族 ⸺ - 179 -

藏在《诗经》里的马儿家族 ⸺ - 179 -

莕菜

莕菜（《新修本草》）为龙胆科莕菜属植物莕菜的全草。6-9月采收，鲜用或晒干。

【诗歌鉴赏】

风·周南·关雎

关关雎鸠，在河之洲。窈窕淑女，君子好逑。

参差荇菜[1]，左右流之。窈窕淑女，寤寐求之。

求之不得，寤寐思服。悠哉悠哉，辗转反侧。

参差荇菜，左右采之。窈窕淑女，琴瑟友之。

参差荇菜，左右芼之。窈窕淑女，钟鼓乐之。

[1] 莕菜：是一种水生植物，可食用。

【植物考辨】

莕菜，也就是今人所说的荇菜，龙胆科荇菜属植物。在《中国植物志》里原来的种名叫莕菜，现更名为荇菜。《中国植物图像库》按照新的植物分类，将荇菜属从龙胆科分离出来，归为睡菜科荇菜属。

莕菜是一种水生漂浮植物，别称众多，例如，莕、凫葵、莲叶莕菜、驴蹄莱、莕丝菜、荇丝菜、金莲子、莕公须、水荷叶、水葵、水镜草、屚子菜、接余等。据说其叶脆滑，古时"江南人多食之"，唐代唐彦谦《夏日访友》诗句"荷梗白玉香，荇菜青丝脆。"看来味道的确不错。陆玑《诗疏》说莕菜"根在水底，大如钗股，上青下白，可以按酒。用苦酒浸其白茎，肥美。"古人吃的真是稀罕——莕菜的根白色部分深入泥土中，采取它还真不容易。莕菜全草入药，功能主治发汗透疹、利尿通淋、清热解毒。主感冒发热无汗、麻疹透发不畅、水肿、小便不利、热淋、诸疮肿毒、毒蛇咬伤等。《中华本草》《唐本草》《本草纲目》《中华中草药汇编》等医学书籍均收录。莕菜也是美丽的水生观赏植物，虽然每朵花开放的时间很短，但全株多花，整个花期长达4个多月，或大片大片灿若群星，或星星点点点缀在碧绿之上，充满诗情画意。

【植物特征】

莕菜，又名莲叶莕菜，多年生水生草本。生于池塘中和水不甚流动的河溪中。茎沉水，圆柱形，长而多分支，结上生不定根。上部叶对生，下部叶互生，叶浮于水面，近革质；叶片卵状圆形，基部心形，上面亮绿色，下面带紫色，全缘或边缘呈波状；花 1-6 朵簇生于节上，花梗长 2-8cm；花萼 5 深裂，几达基部，裂片披针形；花冠金黄色，辐射状，分裂几达基部，冠筒短，喉部具 5 束长毛，裂片 5，倒卵形。种子褐色，多数，两面扁平，边缘密生睫毛。花期 4-8 月，果期 6-9 月。

【植物小档案】

荇菜			
别名	莕菜、莲叶莕菜、驴蹄莱	界	植物界
门	被子植物门	纲	双子叶植物纲
亚纲	合瓣花亚纲	目	捩花目
科	龙胆科	亚科	睡菜亚科
属	荇菜属	种	荇菜

【象思维看中药】

苌菜生于水中，耐水性很强，故有利尿利水之功；由于苌菜的一大部分是浮于水中或水面上，属于质地轻清之品，因此可以透表，治疗表证，进而发汗透疹。

【药性、功用】

辛、甘、寒。发汗透疹，清热利尿。主治感冒发热无汗，麻疹透发不畅，水肿，小便不利，热淋，诸疮肿毒，毒蛇咬伤。

【药性典籍】

《新修本草》："主消渴，去热淋，利小便。"

《开宝本草》："捣汁服之，疗寒热。"

《本草纲目》："捣敷诸肿毒，火丹游肿。"

《本草省常》："服甘草者忌之。"

【植物小常识】

苌菜是生长在浅水中的植物，池塘、沼泽、湖泊和稻田都能看到它们的身影。它们的颈部细长而柔软，诗中以纤细的姿态在"水中左右流之"来比喻"窈窕淑女"的风姿。在周代苌菜是祭祀祖宗和神灵的供品，所以被看作是高贵圣洁的象征。

【药膳或食疗推荐】

1. 苌菜、防风、苏叶各 10g。水煎服，治疗感冒发热无汗。

2. 苌菜 10g，苦参 6g，水煎服，治疗荨麻疹。

方 1、2 均摘自《中药大辞典》，仅供参考，服药两天无变化，及时医院就诊。

【拓展天地】 动动脑、练练手

请思考并写出描写该药物的诗句。

葛根

　　葛根(《本经》)为豆科葛属植物野葛或甘葛藤的块根，11月下旬小雪过后，当叶子枯黄后到发芽前进行采收。野葛、甘葛藤的花为葛花(《别录》)，立秋后当花未全放时采收，去枝叶，晒干。野葛、甘葛藤的种子为葛谷(《本经》)，秋季果实成熟时采收，打下种子，晒干。野葛、甘葛藤的叶、藤茎为葛叶(《别录》)、葛蔓(《圣济总录》)，全年均可采，鲜用或晒干。野葛、甘葛藤的块根经水磨而澄取的淀粉为葛粉(《开宝本草》)。

【诗歌鉴赏】

> ### 风·周南·葛覃
>
> 葛[1]之覃兮，施于中谷，维叶萋萋。
>
> 黄鸟于飞，集于灌木，其鸣喈喈。
>
> 葛之覃兮，施于中谷，维叶莫莫。
>
> 是刈是濩，为絺为绤，服之无斁。
>
> 言告师氏，言告言归。
>
> 薄污我私，薄澣我衣。
>
> 害澣害否？归宁父母。

[1] 葛：蔓草名，其纤维可织布。

【植物考辨】

葛，古代及现代的注家认识比较统一，为多年生草本植物，花紫红色，茎可做绳，纤维可织葛布，俗称夏布，其藤蔓亦可制鞋（即葛屦），夏日穿用。覃（tán）：本指延长之意，此指蔓生之藤。葛之块根即葛根，葛之种子即葛谷；葛之藤茎即葛蔓；葛之叶即葛叶；葛之花即葛花。本植物的根、藤茎、叶、花均可入药。

【植物特征】

野葛，又名葛、葛藤、黄斤。多年生落叶藤木，长达10m。生于山坡、路边草丛中及较阴湿的地方。茎枝被黄褐色粗毛。块根肥厚，圆柱状，外皮灰黄色，内部粉质，纤维性很强。茎基部粗壮，上部多分枝。三出复叶；顶生小叶柄较长；叶片菱状圆形，侧生小叶较小，斜卵形。总状花序腋生或顶生，花冠蓝紫色或紫色；萼钟状；雄蕊10，二体；子房线形，花柱弯曲。荚果线形。种子卵圆形，赤褐色，有光泽。花期4-8月，果期8-10月。

【植物小档案】

野葛			
别名	葛藤、甘葛、野葛等	界	植物界
门	被子植物门	纲	双子叶植物纲
亚纲	原始花被亚纲	目	蔷薇目
科	豆科	亚科	蝶形花亚科
族	菜豆族	属	葛属
种	葛		

【象思维看中药】

野葛味辛，虽为根茎，但"质地疏松，纤维性强"，因而具有升浮疏散之性；其粗壮质韧、纤维性强，与人体肌肉纤维相类；且专入脾胃、善举清阳，故而长于治疗项背强痛、热痢久泄等。葛根藤蔓蜿蜒伸展可达十余米长，有如人体筋脉经络，以形治形，通经活络，舒筋止痛，治疗中风偏瘫、颈肩挛痛等。

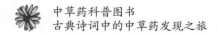

【药性、功用】

甘、辛、平。解肌发表，生津止渴，升阳止泻。主治外感发热，头项强痛，麻疹初起、疹出不畅，温病口渴，消渴病，泄泻，痢疾。

【药性典籍】

《神农本草经》："主消渴，身大热，呕吐，诸痹，起阴气，解诸毒。"

《别录》："疗伤寒中风头痛，解肌发表出汗，开腠理，疗金疮，止痛，胁风痛。""生根汁，疗消渴，伤寒壮热。"

《药性论》："能治天行上气，呕逆，开胃下食，主解酒毒，止烦渴。熬屑治金疮，治时疾寒热。"

《本草从新》："夏月表虚汗多，尤忌。"

《药义明辨》："凡中气虚而热郁于胃者，不可轻投。"

【植物小常识】

葛在中国分布很广，以华东、华南和西南省部最多。葛常见于山坡、路旁的灌木丛中或疏林中。《本草纲目》中记载说葛花能"解酒醒脾"，民间素有"千杯不醉葛藤花"之说。葛根富含淀粉糖分，可以食用。葛的茎蔓可编制家具，纤维可制绳或供纺织。葛叶可以作饲料。可以说葛的一身都是宝。

【药膳或食疗推荐】

《千金方》"葛根汁，一斗二升饮之。取醒止。"治疗酒醉不醒。

《医学纲目》"治蜘蛛等诸般虫咬，葛粉，生姜汁调敷。"

【拓展天地】 动动脑、练练手

请思考并写出描写该药物的诗句。

繁缕

繁缕（《本草图经》），为石竹科繁缕属植物繁缕的全草。春、夏、秋季花开时采集，晒干。

【诗歌鉴赏】

风·周南·卷耳

采采卷耳[1]，不盈顷筐。

嗟我怀人，寘彼周行。

陟彼崔嵬，我马虺隤。

我姑酌彼金罍，维以不永怀。

陟彼高冈，我马玄黄。

我姑酌彼兕觥，维以不永伤！

陟彼砠矣，我马瘏矣，我仆痡矣，云何吁矣！

[1] 卷耳，植物名。

【植物考辨】

现代对于卷耳的注解有以下几种：一种解释为苍耳（菊科苍耳属），一种解释为石竹科植物。有关中医药书籍如《本草纲目》、《中医药大辞典》记载卷耳就是枲（xǐ）耳，枲耳就是菊科的苍耳（菊科苍耳属）。根据陆玑《毛诗疏》"采采卷耳"："卷耳，一名枲耳，一名胡枲，一名苓耳，叶青白色，似胡荽，白华，细茎，蔓生，可煮为茹，滑而少味，四月中生子，正如夫人耳中珰，今或谓之耳珰草。郑康成谓是白胡荽，幽州人称为爵耳"。苍耳，一年生草本，高 20-90cm，生于平原、丘陵、低山、荒野、路边、沟旁、田边、草地、村旁等处。根纺锤状，分枝或不分枝。茎直立不分枝或少有分枝，下部圆柱形，上部有纵沟，被灰白色糙伏毛。叶互生；有长柄，长月 3-11cm；叶片三角状卵形或心形，近全缘，先端尖或钝，基出三脉，上面绿色，下面苍白色，被粗糙或短白伏毛。头状花序近于无柄，聚生，单性同株；雄花序球形，总苞片少，1 列，密生柔毛，花托柱状，托片倒披针形，小花管状，先端 5 齿裂，雄蕊 5，花药长圆状线形；雌花序卵形，总苞片 2-3 列，结成囊状卵形，2 室的硬体，外面有倒毛刺，顶有 2 圆锥状的尖端，小花 2 朵，无花冠，子房在总苞内，每室有 1 花，花柱线形，突出在总苞外。成熟的具瘦果的总苞变坚硬，卵形或椭圆形，绿色，淡黄色或红褐色，外面疏生具钩的总苞刺，刺细，基部不增粗；瘦果 2，倒卵形，瘦果内含 1 颗种子。花期 7-8 月，果期 9-10 月。显然，苍耳的特征与郭璞和陆玑所说的卷耳"丛生如盘""叶如鼠耳""白华，细茎，蔓生""似胡荽"，子如耳中璫等特征完全不符。陆玑说"卷耳"形似胡荽，胡荽有天胡荽，石胡荽，芫荽也有胡荽之称，这里应该是指石胡荽。子如耳中璫——璫的本意之佩玉的碰撞声，这里应理解为下垂的耳坠。"丛生如盘"的植物有蓼科的萹蓄、习见蓼，番杏科的粟米草、种棱粟米草，马齿苋科的马齿苋，紫草科的各种附地菜，十字花科臭独行菜，石竹科的繁缕、鸡肠繁缕、无心菜等多种。但开白花，果实下垂，看起来有些像胡荽（石胡荽）的只有石竹科繁缕属的繁缕和鹅肠菜属的鹅肠菜。

🌿【植物特征】

繁缕，一年或二年生草本，高 10-30cm。生于田间路边或溪旁草地。匍茎纤细平卧，节上生出多数直立枝，枝圆柱形，肉质多汁而脆，折断中空，茎表一侧有一行短柔毛，其余部分无毛。单叶对生；上部叶无柄，下部叶有柄；叶片卵圆形或卵形，全缘或呈波形，两面均光滑无毛。花两性；花单生于腋叶或成顶生的聚伞花序，花梗细长，一侧有毛；萼片 5，花瓣 5，白色，雄蕊 10，花药紫红色后变为蓝色；子房卵形，花柱 3-4，蒴果卵形，先端 6 裂。种子多数，黑褐色；南方，花期 2-5 月，果期 5-6 月。北方，花期 7-8 月，果期 8-9 月。

🌿【植物小档案】

繁缕			
别名	鹅肠菜、鹅耳伸筋、鸡儿肠	界	植物界
门	被子植物门	纲	双子叶植物纲
亚纲	原始花被亚纲	目	中央种子目
科	石竹科	亚科	繁缕亚科
族	繁缕族	属	繁缕属
组	繁缕亚组	种	繁缕

【象思维看中药】

繁缕，匍茎纤细平卧，节上生出多数直立枝，枝圆柱形，肉质多汁，枝折断中空，种子黑褐色，黑色入血分，类似人体血管中空，内部有液体活动，故可活气血通经络，可以治疗各种出血、痛症及乳汁不下。由于全草除根外均暴露于太阳下，所以耐热性强，性寒，可以清热凉血，治疗热毒伴血瘀所致肠痈、疔疮肿毒等。

【药性、功用】

繁缕，性寒，味微苦、甘、酸。归肝、大肠经。清热解毒，凉血消痈，活血止痛，下乳。主治痢疾，肠痈，肺痈，疔疮肿毒，出血，跌打损伤，乳汁不下。

【药性典籍】

《别录》："主积年恶疮不愈。"

《本草拾遗》："主破血。产妇煮食及下乳汁。"

【繁缕花语】

福寿安康，繁缕的另一个花名叫做福寿玉，有福寿安康的寓意，所以一般送给老人花朵的时候，会选择福寿玉，也就是繁缕予以赠送，并希望老人家可以在接下来的日子里安安稳稳，大福大寿，健康平安。

【药膳或食疗推荐】

繁缕烧炭一升，大麦面三合。上药以水和如膏，涂于肿上，干即易之，以瘥为度。治疗发背热毒肿痛不可忍。（《圣惠方》）

【拓展天地】 动动脑、练练手

请思考并写出描写该药物的诗句。

葛蔓

野葛、甘葛藤的藤茎为葛蔓（《圣济总录》），全年均可采，鲜用或晒干。

【诗歌鉴赏】

> 风·周南·樛木
>
> 南有樛木，葛藟[1] 累之。
>
> 乐只君子，福履绥之。
>
> 南有樛木，葛藟荒之。
>
> 乐只君子，福履将之。
>
> 南有樛木，葛藟萦之。
>
> 乐只君子，福履成之。

[1] 葛藟，植物名。

【植物考辨】

目前研究《诗经》的学者对"葛藟"的解释说法不一。主要有以下三种解释：一、葛藟为葛藟葡萄；二、葛藟为"葛"和"藟"是两种藤本植物；三、葛藟即葛藤。"藟"作"藤"。

第一步：要分析葛藟，首先要结合"南有樛木"指的是什么，进一步分析葛藟是指一种还是两种植物。根据《说文解字》："下句曰樛。"句，"曲也"，《毛传》"木枝下曲"，樛为"下部弯曲的树"或"枝向下弯曲的树"。"南有樛木"应是指乔木或比较大的小乔木。进一步说应该指的是一棵或几棵特定的树，而不是一片树。葛是一种生命力、繁殖能力极强，非常"霸道"的植物，其它植物很难与其共同生存。另外葛和葛藟葡萄一般不会同时攀附在同一棵树上；也不可能说这棵树上攀附着葛藤，那棵树上攀附着葛藟葡萄。所以，诗中的"葛藟"应该是指一种植物。

第二步："葛藟"指一种植物，是葛藤还是葛藟葡萄？诗文中"葛藟纍之""葛藟萦之"之"纍之""萦之"，意为葛藟紧紧地的附着、缠绕着下部弯曲的树；"葛藟荒之"，意为葛藟藤茎附挂树枝，将树头密密麻麻的覆盖起来。葛藟葡萄（不是山葡萄）是一种茎较细弱的木质藤本灌木，多生于海拔 2500m 以下的山地灌丛中，其大小似蘡薁，枝细长，茎长不过三、四米，一般攀附的都是灌木；葛藟葡萄的枝叶较疏，即使攀附的是乔木或小乔木，也不会将樛木"荒之"。再者，葛藟葡萄不是缠绕藤本，卷须与叶对生，它是靠卷须缠绕在树枝上，其藤茎称悬垂状，谈不上"纍之""萦之"。而葛为多年生基部半木质的落叶藤木植物，长达 10m。由于葛茎细长柔软，生长很快，常常多条藤茎自相纠缠，也能攀附到十多米高的大树。葛藤及叶密集，往往能把被攀附植物覆盖的严严实实，最后导致树木枯死。

总之，从植物的生长特性来看，《诗经》中的葛藟应该是指葛（葛藤），又叫葛蔓。

【植物特征】

葛（植物介绍见葛根，此处略）

【植物小档案】

葛蔓（葛藤）			
别名	甘葛、野葛等	界	植物界
门	被子植物门	纲	双子叶植物纲
亚纲	原始花被亚纲	目	蔷薇目
科	豆科	亚科	蝶形花亚科
族	菜豆族	属	葛属
种	葛		

【象思维看中药】

葛藤属于藤类植物，藤类植物的藤类似人之经络、血脉，以形治形，可以舒筋活血通络。

【药性、功用】

甘、寒。清热解毒、消肿，通络活血。

【药性典籍】

《新修本草》："主喉痹。"

《纲目》："消痈肿。"

【植物小常识】

见葛根。

【药膳或食疗推荐】

葛蔓烧灰，水调敷之。治疖子初起。（《千金方》）

葛蔓烧灰，酒服二钱，三服效。（《卫生易简方》）

【拓展天地】 动动脑、练练手

请思考并写出描写该药物的诗句。

桃仁

桃仁（《雷公炮炙论》）为蔷薇科桃属植物桃或山桃的种子，7-8月采摘成熟果实，取出果核，或在食用果肉时收集果核，除净果肉及核壳，取出种子，晒干。果实为桃子（《日用本草》），7-8月成熟时采摘，鲜用或作脯。叶即为桃叶（《别录》），夏季采叶，鲜用或晒干。花为桃花（《本经》），3-4月叶间桃花将开放时采摘，阴干，放干燥处。幼枝为桃枝（《纲目》），夏季采收，切段，晒干，或随剪随用。幼果为碧桃干；根或根皮为桃根（《证类本草》），7-8月挖取树根，切片，晒干，或剥取根皮，切碎，晒干。

【诗歌鉴赏】

风·周南·桃夭

桃[1]之夭夭，灼灼其华[2]。之子于归，宜其室家。

桃之夭夭，有蕡其实[3]。之子于归，宜其家室。

桃之夭夭，其叶[4]蓁蓁。之子于归，宜其家人。

[1] 桃：桃树、桃枝。[2] 华：即花朵，这里指桃花。

[3] 实：即桃之果实，桃子。[4] 叶：指桃树叶。

【植物考辨】

桃，桃树。桃之夭夭，灼灼其华，此处桃主要侧重于桃花，描述桃花盛开之状；桃之夭夭，有蕡其实，此处桃侧重于桃的果实，即桃子，也可指桃的种仁即桃仁；桃之夭夭，其叶蓁蓁，此处侧重于桃叶。桃花、桃、桃仁、桃叶均可入药。

【植物特征】

桃，又名毛桃，落叶小乔木，高 3-8m，生于海拔 800-1200m 的山坡、山谷沟底或荒野疏林及灌丛内。小枝绿色或半边红褐色，无毛。叶互生，在短枝上呈簇生状；叶柄长 1-2cm，通常有 1 至数枚腺体；叶片椭圆状披针形至倒卵状披针形，边缘具细锯齿，两面无毛。花通常单生，先于叶开放；萼片 5，基部合生成短萼筒，外被绒毛；花瓣 5，倒卵形，粉红色，雄蕊多数；子房 1 室，花柱细长，柱头小，圆头状。核果近球形，表面有短绒毛，果肉白色或黄色，离核或黏核。种子 1 枚，扁卵状心形。花期 3-4 月，果熟期 6-7 月。

【植物小档案】

桃			
界	植物界	门	被子植物门
纲	双子叶植物纲	亚纲	原始花被亚纲
目	蔷薇目	科	蔷薇科
亚科	李亚科	属	桃属
种	桃		

【象思维看中药】

桃仁，外皮色红棕，符合活血化瘀药多为红色，归于肝经血分的药物性状特点。本品乃种仁入药，其内仁色白，白色属金，富油性，味微苦。故兼入肺与大肠经，可视作桃仁可止咳平喘，润肺通便，治疗咳喘、肺痈以及肠燥便秘。

【药性、功用】

苦、甘、小毒。活血祛瘀，润肠通便。主治痛经，血滞经闭，产后瘀滞腹痛，癥瘕结块，跌打损伤，瘀血肿痛，肺痈，肠痈，肠燥便秘。

【药性典籍】

《本经》："主瘀血，血闭，癥瘕，邪气，杀小虫。"

《医学启源》："治大便血结，血秘，血燥，通润大便。"

《纲目》："主血滞风痹，骨蒸，肝疟寒热，鬼疰疼痛，产后血病。"

【植物小常识】

桃原产于我国，甲骨文中的果字，很可能就是桃的本字。近代考古学家认为桃是我国利用最早的果树之一。在距今约 8000—9000 年的湖南临澧胡家屋场、7000 年前浙江河姆渡新石器时代遗址及江苏海安青敦、河南新郑峨沟北岗新石器遗址都出土过桃核，在河南二里岗新石器时代遗址、河北藁城县台西村商代遗址均发现有桃核。桃在公元前 2 世纪经"丝绸之路"传至波斯，后引入欧洲。

【药膳或食疗推荐】

用桃仁捣烂，猪油调涂唇上，即效。治疗冬月唇干血出。《寿世保元》

【拓展天地】　动动脑、练练手

请思考并写出描写该药物的诗句。

车前草

　　车前草（《嘉祐本草》），为车前属植物车前、平车前的全草，播种第二年秋季采收，挖起全株，晒干或鲜用。本植物的种子亦供药用，即为车前子（《本经》），在6-10月陆续剪下黄色成熟果穗，晒干，搓出种子。

【诗歌鉴赏】

风·周南·芣苢

采采芣苢[1]，薄言采之。采采芣苢，薄言有之。

采采芣苢，薄言掇之。采采芣苢，薄言捋之。

采采芣苢，薄言袺之。采采芣苢，薄言襭之。

[1] 芣苢，植物名。

【植物考辨】

茉（fú）苢（yǐ）：又作"茉苢"，野生植物名，可食。《毛传》认为是车前草，其叶和种子都可以入药，有明显的利尿作用，并且其穗状花序结籽特别多，可能与当时的多子信仰有关。这种说法与《山海经》《逸周书·王会》以及《说文解字》相矛盾，但得到郭璞、王基等人的支持，宋代朱熹《诗集传》亦采此说。综上所述，茉苢即为车前草。

【植物特征】

车前草，又名牛舌草、猪耳草等。多年生草本，生于山野、路旁、花圃或菜园、河边湿地。连花茎可高达 50cm。多数须根。基生叶；具长柄，叶柄与叶片等长或长于叶片，基部扩大；叶片卵形或椭圆形，先端尖或钝，基部狭窄成长柄，全缘或呈不规则的波状浅齿，通常有 5-7 条弧形脉。花茎数个，具棱角，有疏毛；花淡绿色，每花有宿存苞片 1 枚，三角形；花萼 4，基部稍合生，椭圆形或卵圆形，宿存；花冠小，膜质，花冠管卵形，先端 4 裂，裂片三角形，向外反卷；蒴果卵状圆锥形；种子 4-8 颗或 9 颗，近椭圆形，黑褐色。花期 6-9 月，果期 10 月。

【植物小档案】

车前草			
别名	平车前、车茶草、蛤蟆叶	界	植物界
门	被子植物门	纲	双子叶植物纲
亚纲	合瓣花亚纲	目	车前目
科	车前科	属	车前属
种	车前草		

【象思维看中药】

车前喜湿耐寒，禀喜润之性。车前皮色棕褐或黑紫，种仁色白，为肝、肾、肺、小肠的归经之象。车前子尝之味淡，而禀渗利之性；嚼之多黏液，煎汁黏滑，又呈现滑利之质，故于渗湿利尿之中兼有通淋滑窍之能，为治热淋涩痛之要药。车前子外皮质黏浊，种仁色白，长于入肺经而清利祛痰、清肺止咳，尤善治痰热咳嗽。

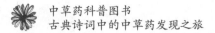
【药性、功用】

甘、寒，清热利尿，明目，解毒。主治热淋，石淋，血淋，尿血，白浊，带下，暑湿泻痢，衄血，肝热目赤，咽喉肿痛，痈肿疮毒。

【药性典籍】

《别录》："主金疮，止血，衄鼻，瘀血，血瘕，下血，小便赤。止烦，下气，除小虫。"

《药性论》："治血尿。能补五脏，明目，利小便，通五淋。"

《本草汇言》："主热痢脓血，乳蛾喉闭。能散，能利，能清。"

【植物小常识】

车前子的命名据说跟东汉马武将军有关。马武是汉光武帝刘秀的得力干将。马武在一次战斗中，被围困在一处荒野中，几天后，人疲马乏，弹尽粮绝，战马开始尿血，若持续下去，人马俱亡。这时一位老马夫向马武报告说，他的马昨天吃了一种不知名的草就没再尿血，马武即刻带人去寻找这种草，并下令拔草喂马。果然马儿吃了这种草不再尿血。这是什么草呢？马武将军想到平时曾在马车前见到这种草，于是就给它起名叫车前草。

【药膳或食疗推荐】

车前草自然汁，调朴硝。卧时涂眼胞上，明早水洗去。(《普济方》)

【拓展天地】 动动脑、练练手

请思考并写出描写该药物的诗句。

牡荆子

牡荆子（《本草经集注》），为马鞭草科牡荆属植物牡荆的果实，9-10 月果实成熟时采收，用手搓下，扬净，晒干。本植物的叶为牡荆叶（《别录》），生长季节均可采收，鲜用或晒干。茎为牡荆茎（《别录》），7-10 月采收，切断晒干。茎用火烤灼而流出的液汁为牡荆沥（《纲目》）。根为牡荆根（《别录》），10-11 月采收，切片，晒干。

【诗歌鉴赏】

风·周南·汉广

南有乔木，不可休思。汉有游女，不可求思。

汉之广矣，不可泳思。江之永矣，不可方思。

翘翘错薪，言刈其楚[1]。之子于归，言秣其马。

汉之广矣，不可泳思。江之永矣，不可方思。

翘翘错薪，言刈其蒌。之子于归，言秣其驹。

汉之广矣，不可泳思。江之永矣，不可方思。

[1] 楚，植物名。

【植物考辨】

现代注解分两种：一种解释为杂草，杂草中的翘翘者；一种解释为荆树，牡荆。楚，《说文》："丛木也。一名荆。"根据诗文"言刈其楚""言刈其蒌"，可以推测楚和蒌应该是同一类事物。牡荆分布于中国华东各省及河北、湖南、湖北、广东、广西、四川、贵州、云南。日本也有分布。周南的地域包括今河南省西南部及湖北省北部，是国风中最南的地区。从植物的性质及生长地域可推测荆树解释为牡荆更合诗意，其果实、叶、茎、根均可入药。

【植物特征】

牡荆，又名楚（《诗经》），荆（《广雅》），落叶灌木或小乔木，植株高 1-5m。生于低山向阳的山坡路边或灌丛中。多分枝，具香味。小枝四棱形，绿色，被粗毛，老枝褐色，圆形。掌状复叶，对生；小叶 5，稀为 3，中间 1 枚最大；叶片披针形或椭圆状披针形，基部楔形，边缘具粗锯齿状，先端渐尖，表面绿色，背面淡绿色，通常被软毛。圆锥花序顶生，长 10-20cm；花萼钟状，先端 5 齿裂；花冠淡紫色，先端 5 裂，二唇形。果实球形，黑色。花、果期 7-10 月。

【植物小档案】

牡荆			
界	植物界	门	被子植物门
纲	双子叶植物纲	亚纲	合瓣花亚纲
目	管状花目	科	马鞭草科
亚科	牡荆亚科	族	牡荆族
属	牡荆属	种	牡荆

【象思维看中药】

牡荆，9-10 月果实成熟时采收，秉承秋天之气，中医认为秋天为肺经当令之季，肺与大肠互为表里，故牡荆子入肺、大肠经，治疗肺系疾病，祛湿化痰、止咳平喘。牡荆小枝四棱形，河图示"地四生金，天九成之"，西方属金、属燥，提示牡荆的象思维属性与肺系相应。

【药性、功用】

苦、辛、温，归肺、大肠经。祛痰化湿，止咳平喘，理气止痛。主治咳嗽气喘，胃痛，泄泻，痢疾，疝气痛，脚气肿胀，白带，白浊。

【药性典籍】

《别录》:"主除骨间寒热,通利胃气,止咳逆,下气。"

《药性考》:"除寒热,疗风止咳,心痛疝疾,带浊耳聋,服之有益。"

《全国中草药汇编》:"止咳平喘,理气止痛。主治咳嗽哮喘,胃痛,消化不良,肠炎,痢疾。"

【植物小常识】

牡荆也是刑杖

古籍中云:"牡荆作树,不为蔓生,故称为牡,非无实之谓也。"在荆类植物中,牡荆不是蔓生植物,所以得名为"牡",而并不是说它没有果实。而我国自古以来就有"负荆请罪"之说,《史记·廉颇蔺相如列传》记载:"廉颇闻之,肉袒负荆,因宾客至蔺相如门谢罪。"说的就是赵国大将廉颇因为认识到自己的错误言论,赤裸上身背着荆条向蔺相如登门请罪的故事。不过许多人都想不到的是,故事中的"荆"其实也就是牡荆一类的植物。大概没人会将这样开出柔美可爱花朵的植物,和可怕的刑具联系在一起吧。

明代李时珍曾经记载:"牡荆处处山野多有,樵采为薪。年久不樵者,其树大如碗也。其木心方,其枝对生,一枝五叶或七叶。叶如榆叶,长而尖,有锯齿。"牡荆常出没在山野中,农夫砍伐其用来当薪柴,多年没被砍伐的牡荆就会长到碗状粗细。一枝上大概有五叶或者七叶,叶子就像榆树叶一样。李时珍还提及道:"古者刑杖以荆,故字从刑。其生成丛而疏爽,故又谓之楚,荆楚之义取此。荆楚之地,因多产此而名也。"牡荆的茎干坚韧,古时候多用来当作刑杖。牡荆丛生而疏朗,也叫作楚,长江以南等地多生牡荆等植物,湖北也因此而得名荆楚之地。

【药膳或食疗推荐】

牡荆干嫩叶 6-9g,水煎代茶饮。预防中暑。《福建中草药》

牡荆干叶 9-15g,水煎服;或另用叶煎汤熏洗。治风疹。《福建中草药》

【拓展天地】 动动脑、练练手

请思考并写出描写该药物的诗句。

蒌蒿

蒌蒿(《食疗本草》),为菊科蒿属植物蒌蒿的全草。春季采收嫩根苗,鲜用。

【诗歌鉴赏】

> ### 风·周南·汉广
>
> 南有乔木,不可休思。汉有游女,不可求思。
>
> 汉之广矣,不可泳思。江之永矣,不可方思。
>
> 翘翘错薪,言刈其楚。之子于归,言秣其马。
>
> 汉之广矣,不可泳思。江之永矣,不可方思。
>
> 翘翘错薪,言刈其蒌[1]。之子于归,言秣其驹。
>
> 汉之广矣,不可泳思。江之永矣,不可方思。

[1] 蒌,植物名。

【植物考辨】

蒌，在诸家注解方面较为统一，均为蒌蒿。蒌，即蒌蒿，别名白蒿（水生者）、水蒿、红艾等。生于低海拔的河湖岸边或湿润的山坡等处，在同属植物中，唯有蒌可立于水中生长。嫩茎叶及地下根状茎可入菜蔬食用，可作度荒食物，还可以用作祭品。叶尖可制为蒿茶。全草入药。

【植物特征】

蒌蒿，又名蒌（《诗经》）。多年生草本，生于低海拔的山坡草地、路边荒野、河岸等处。根茎略粗，直立或斜向下，地下茎匍匐。茎初时绿褐色，后为紫红色，有纵棱。叶互生，下部叶在花期枯萎，中部叶密集，羽状深裂，侧裂片 1-2 对，线状披针形或线形，边缘有疏尖齿；上部叶 3 裂或线形而全缘，上面绿色，下面有灰白色蛛丝状平贴的绵毛。头状花序近球形；花黄色，外层雌性，内层两性，均结实。瘦果卵状椭圆形，略压扁。花果期 8-11 月。

【植物小档案】

蒌蒿				
别名	芦、蒿、芦蒿、水蒿、蒇蒿等	界	植物界	
门	被子植物门	纲	双子叶植物纲	
亚纲	合瓣花亚纲	目	桔梗目	
科	菊科	亚科	管状花亚科	
族	春黄菊族	亚族	菊亚族	
属	蒿属	亚属	蒿亚属	
组	艾组	种	蒌蒿	
系	蒌蒿系			

【象思维看中药】

蒌蒿，一生于低海拔、湿润河岸等地，古人称之为"得至阴之气者多"；二为气味芳香，清泄之中寓透散之性，可清热利膈，疏利肝胆之气，芳香易开胃气，散能行水。

【药性、功用】

苦、辛、温,利膈开胃。主治食欲不振。

【药性典籍】

《纲目》:"利膈开胃、杀河豚毒。"
《医林纂要》:"开胃、行水。"

【植物小常识】

蒌蒿是南方独特的秘制酱料

在南方地区,因为饮食比较偏向清淡,所以酱料食物种类十分丰富多样。蒌蒿口感清脆香甜,入口不会粘牙,而且富含多种维生素和矿物质,可以很好地补充人体所需要的营养,所以,蒌蒿在南方地区用来腌制酱料十分普遍。

腌制过程不会非常复杂,我们需要选取新鲜的蒌蒿,将它们清洗干净后切碎,两三刀即可,将蒌蒿和应季蔬菜放入缸中,放入辣椒,调味料,水,适量咸盐后封口,在封闭空间内存放半个月之久,以后就可以打开罐子,食用新鲜可口的腌制蒌蒿了。腌制后的蒌蒿可以用来当作生活的调味料,还可以起到一定的降低血糖功效。

【药膳或食疗推荐】

蒌蒿,捣汁服,去热黄及心痛。(《本草纲目》)

【拓展天地】 动动脑、练练手

请思考并写出描写该药物的诗句。

楸木皮

楸木皮（《本草拾遗》）为紫葳科楸属植物楸的树皮或根皮的韧皮部，全年可采收，剥去外皮，鲜用或晒干。本植物的叶为楸叶（《本草拾遗》），果实为楸木果（《新华本草纲要》），8-10月采摘，去果柄，晒干。

【诗歌鉴赏】

风·周南·汝坟

遵彼汝坟，伐其条[1]枚。未见君子，惄如调饥。

遵彼汝坟，伐其条肆。既见君子，不我遐弃。

鲂鱼赪尾，王室如燬。虽则如燬，父母孔迩。

[1] 条：植物名。

【植物考辨】

有关条是何种植物的解释，有如下三种：第一、条又称"槄"或"山楸"，郭璞《尔雅注》描写"山楸"的形态："皮叶白色，亦白材理好"，推测应为今之灰楸。灰楸之叶背、小枝及干皮均为灰色或灰褐色；木材色灰白，材质坚实，纹理略粗，材质略逊于楸树和梓树。古代供制作车板，现在则多供为建筑、家具、枕木等用材，亦栽植为庭园树。

第二、《禹贡》描述华北平原中部的植被为"厥草为繇，厥木为条"，可见当时分布之普遍。《诗经》中《周南·汝坟》之"条"有解为"枝条"者（如朱熹《诗集传》及陈大章《诗经名物集览》），但解为"山楸"亦通。

第三、《说文解字》释柚"条也，似橙而酢"，因此也有解经者认为《诗经》中出现的"条"这种植物其实就是柚树。柚树原产于中南半岛（或广东、广西等南方各省），后来曾传布到四川、江苏等地。

根据周南的地域包括今河南省西南部及湖北省北部，是先秦时期最南的地区。认为条为"柚树"明显与原文不符。

枚为枝条，肄 (yì)：树砍后再生的小枝，按照诗歌的写作特点，"伐其条枚""伐其条肄"中枚、肄为树枝或砍后又生的枝条，故"条"应该是为一种植物比较符合原意，可能为灰楸或山楸。本植物的根皮、叶、果实均入药。

【植物特征】

楸，小乔木，生于肥沃的山地。树干耸直，枝直向上。单叶对生；叶柄长 2-8cm；叶片三角状卵形或卵状长圆形，长 6-15m，宽达 8cm，先端长渐尖，基部截形、阔楔形，有时基部具有 1-2 牙齿，叶面深绿色，叶背无毛。伞房状总状花序顶生；花萼蕾时圆球形，2 唇开裂，先端有 2 尖齿；花冠淡红色，内面具有 2 黄色条纹及暗紫色斑点；蒴果线形，种子狭长椭圆形，两端簇生 1 列长白毛。花期 5-6 月，果期 6-10 月。

【植物小档案】

楸			
别名	楸树、木王	界	植物界
门	被子植物门	纲	双子叶植物纲
亚纲	合瓣花亚纲	目	管状花目
科	紫葳科	族	硬骨凌霄族
属	梓属	种	楸

【象思维看中药】

楸树的叶、皮、子都是中草药，楸树皮苦，苦者气下，可降气，治疗胃气上逆之呕逆，肺气上逆之咳嗽；楸树的纹理直、不裂不翘、耐腐蚀、可知其可解疮毒，治疗各种痈肿疮疡，疽瘘。

🌿【药性、功用】

楸木皮，苦，小寒，无毒。解疮毒，降逆气。主治痈肿疮疡，疽瘘，吐逆，咳嗽。

🌿【药性典籍】

《本草拾遗》："主吐逆，杀三虫及皮肤虫；煎膏黏敷恶疮疽瘘，痈肿，痔，野鸡病，除脓血，生肌肤，长筋骨。"

《海药本草》："主消食，涩肠下气及上气咳嗽。"

🌿【植物小常识】

楸树的前世今生

翻检鹿邑历史上的古志书，《乾隆鹿邑县志》首次将"木类"载入志中，而"木类"中最引人注目的要数楸树了。

木类，曰松、曰柏……曰楸……（《乾隆鹿邑县志·卷一·方舆》）《乾隆鹿邑县志》中的"木类"共记载了当时鹿邑人常种的 18 种树木，楸树居其一。到 140 多年后，鹿邑人再编纂《光绪鹿邑县志》时，收录了鹿邑人当时常种的 20 种树木，楸树仍居其一。《乾隆鹿邑县志》中"木类"只记载了树木的名字，而《光绪鹿邑县志》不止记载了树木的名字，还记载了树木的品性、用途，以及干、茎、叶、花的样貌。兹抄录如下：楸，事物原始谓梓。似桐叶，小花紫，无子者为楸。楸之白色而生子者，谓之梓。土性宜楸，近城最多。

楸树作为我国的珍贵树种，《诗经》《左传》《本草纲目》《齐民要术》等历代典籍记述甚多。历代文人墨客更是讴歌不绝。唐朝大诗人韩愈、宋代大政治家司马光，大诗人梅尧臣、黄庭坚、陆游，大文学家周必大等许多人都写下了关于楸树的珍贵诗篇。

🌿【药膳或食疗推荐】

治口疮：楸木白汁五合。上一味，每取一匙头，含咽。（《圣济总录》楸木汁方）

🌿【拓展天地】 动动脑、练练手

请思考并写出描写该药物的诗句。

白蒿

　　白蒿(《本经》)，为菊科蒿属植物大籽蒿的全草，7-10月采收，鲜用或扎把晾干。本植物的花亦供药，即为白蒿花(《沙漠地区药用植物》)。

【诗歌鉴赏】

> ### 国风·召南·采蘩
>
> 于以采蘩[1]？于沼于沚。于以用之？公侯之事。
>
> 于以采蘩？于涧之中。于以用之？公侯之宫。
>
> 被之僮僮，夙夜在公。被之祁祁，薄言还归。

[1] 蘩〔fán〕：白蒿，二年生草本，茎、枝被类白色微柔毛，可入药，嫩叶可食。

【植物考辨】

　　本植物古今诸家注解相对较为统一，《集传》："蘩，白蒿也。所以生蚕，今人犹用之。盖蚕生未齐，未可食桑，故以此啖之也。"《本草纲目》："白蒿有水陆两种，《尔雅》

通谓之蘩，以其易蘩衍也。曰：蘩，皤蒿。即今陆生艾蒿也，辛熏不美。曰：蘩，由胡。即今水声蒌蒿也，辛香而美。"

《毛传》："蒌，草中之翘翘然。"《陆疏》："蒌，蒌蒿也。其叶似艾，白色，长数寸。高余丈，好生水边及泽中，正月根芽生，旁茎，正白。生食之，香而脆美，其叶又可蒸为茹。"

蘩，《尔雅》解释蘩为皤蒿和由胡，为两种植物；毛、朱通训为白蒿。蒿类众多，从外形上难以区分通呼为蒿。据中国植物物种数据库统计，生境符合诗句「沼」「沚」「涧」等水生环境、植株有香气、嫩茎叶可作菜蔬食用者，仅有蒌蒿一种。根据本诗中"于沼于沚""于涧之中"，可知作蒌蒿解较为合适。由于前面蒌蒿已述，笔者以参考《中药大辞典》中的"白蒿"的论述进行介绍，此处白蒿为植物大籽蒿的全草，其全草和花均可入药。

🌿【植物特征】

大籽蒿，一或二年生草本，高 50-150cm，多生于海拔 500-4200m 的路旁、荒地、河滩、草原、干山坡或林缘等地。主根单一，狭纺锤形。茎下部稍木质化，纵棱明显，茎枝被灰白色微柔毛。叶互生，叶柄长 1-4cm；下部与中部叶宽卵形或宽卵圆形，长 4-8cm，宽 3-6cm，二至三回羽状全裂，每侧有裂片 2-3 枚，小裂片线形或线状披针形，基部有小型羽状分裂的假托叶。头状花序，多数，半球形或近球形，具短梗，基部常有线形的小苞叶；两性花多层；花冠管状；花药上端附属物尖，长三角形，基部有短尖头；花柱与花冠等长，先端叉开，叉端截形，有睫毛。瘦果长圆形。花果期 6-10 月。

🌿【植物小档案】

大籽蒿			
界	植物界	门	被子植物门
纲	双子叶植物纲	亚纲	合瓣花亚纲
目	桔梗目	科	菊科
亚科	管状花亚科	族	春黄菊族
亚族	菊亚族	属	蒿属
亚属	蒿亚属	组	莳萝蒿组
种	大籽蒿		

【象思维看中药】

大籽蒿，生于低海拔、湿润的河滩或山坡，得至阴之气多，其性寒凉；发苗于初春，得春木少阳之令，具有升发之象，善入肝胆经，走血分，凉血止血；气味芳香，亦能化湿利湿，性凉，且能清热。

【药性、功用】

苦、微甘、凉，清热利湿，凉血止血。主治肺热咳嗽，咽喉肿痛，湿热黄疸，热痢，淋病，风湿痹病，吐血咯血，外伤出血，疥癣恶疮。

【药性典籍】

《本经》："主五脏邪气，风寒湿痹，补中益气，长毛发令黑，疗心悬少食常饥。久服轻身，耳目聪明，不老。"

《食疗本草》："捣汁，去热黄及心痛。叶干为末，夏日暴水痢，以米饮和一匙，空腹服之。又烧淋灰煎，治淋沥疾。"

【植物小常识】

白蒿有一个特别神奇的地方，它的叶子会随着水分而时刻发生变化，要是它生长的地方缺少水分，它的叶柄就会成紫红色的，叶片也会变得比较细，要是换在潮湿的地方生长，它的叶子会是绿色的，而且也会生出柔毛，叶片也会比较宽。

【药膳或食疗推荐】

白蒿粳米粥：取白蒿 30g，粳米 100g，放入锅内加清水适量，煎煮 30 分钟后加入适量冰糖，再用小火煮 10 分钟即可。可清热、解毒、凉血。

【拓展天地】 动动脑、练练手

请思考并写出描写该药物的诗句。

蕨

蕨(《本草拾遗》)，为蕨科蕨属植物蕨的嫩叶，4-5 月采收，晒干或鲜用。本植物的根茎为蕨根(《纲目》)，9-11 月挖取，洗净，晒干。

【诗歌鉴赏】

风·召南·草虫

喓喓草虫，趯趯阜螽。

未见君子，忧心忡忡。

亦既见止，亦既觏止，我心则降。

陟彼南山，言采其蕨[1]。

未见君子，忧心惙惙。

亦既见止，亦既觏止，我心则说。

陟彼南山，言采其薇。

未见君子，我心伤悲。

亦既见止，亦既觏止，我心则夷。

[1] 蕨，蕨：植物名，初生无叶，可食。

【植物考辨】

蕨类植物是古老而又原始一类植物，蕨类植物门是高等植物中较低级的一类。蕨类植物曾为高大木本植物，成为大森林，盛繁于晚古生代，而现代的蕨类植物则多为草本，约有 11500 多种，广泛分布于世界各地，尤以热带和亚热带最为丰富，它们大都喜生于温暖阴湿的森林环境，中国约有 2000 种，是地球上蕨类植物最丰富的一区。在生产力低下奴隶社会和封建社会早期，蕨类植物就被我们的先人们所认识，许多蕨类植物就成了农人们的救荒充饥、祭祀的食物和治病的草药。

蕨菜古代一名"蘩"。李时珍在《本草纲目》里引用陆佃《埤雅》云：蕨初生无叶，状如雀足之拳，又如人足之蹶，故谓之蕨。周秦曰蕨，齐鲁曰蘩，初生亦类蘩脚故也。其苗谓之蕨萁。"又说，"蕨，处处山中有之。二、三月生芽，拳曲状如小儿拳。长则展开如凤尾，高三、四尺。其茎嫩时采取，以灰汤煮去涎滑，晒干作蔬，味甘滑，亦可醋食。其根紫色，皮内有白粉……荡皮作线食之，色淡紫，而甚滑美也。野人饥年掘取，治造不精，聊以救荒。"

按照现代植物分类学，"蕨"属于蕨类植物门蕨纲蕨科蕨属欧洲蕨的一个变种。欧洲蕨中国不产。蕨全国大部地区均产，又以长江流域及以北地区为主要产地，生山地阳坡或森林边缘阳光充足的地方。嫩叶可食，称蕨菜；根状茎提取蕨粉，可食用，根状茎的纤维可制绳缆，能耐水湿，全株均入药，驱风湿、利尿、解热，又可作驱虫剂。

🌿【植物特征】

蕨，又名蕨菜，拳头菜，多年生草本，生于海拔 200-1200m 的山地林缘、林下草地及向阳山坡。根茎长而横走，粗壮，被黑褐色茸毛。叶远生；叶柄粗壮，淡褐色，光滑；叶片近革质，三至四回羽裂，阔三角形或长圆状三角形，末回羽片长圆形，顶端圆钝，全缘或下部有 1-3 对浅裂片或波状圆齿；侧脉二叉。孢子囊群沿叶缘分布于小脉顶端的连接脉上；囊群盖条形，为变形的叶缘反卷而成的假囊群盖。

🌿【植物小档案】

蕨			
别名	拳头菜、山野菜	界	植物界
门	蕨类植物门	纲	蕨纲
亚纲	薄囊蕨亚纲	目	真蕨目
科	蕨科	属	蕨属
种	欧洲蕨	变种	蕨

【象思维看中药】

蕨，立夏前后采收，多生于山林边缘、林下草地等相对阴暗、潮湿的地方，性寒、耐热，可清热利湿；叶片近革质，三至四回羽裂，形如肺部支气管、气管走行，可入肺经，降气化痰；被黑褐色茸毛，可入肝经、血分，凉血止血，治疗咯血、便血等血证。

【药性、功用】

甘、寒，归肝、胃、大肠经。清热利湿、降气化痰、止血。主治感冒发热，黄疸，痢疾，带下，噎膈，肺结核咯血，肠风便血，风湿痹痛。

【药性典籍】

《食疗本草》："补五脏不足，气雍经络筋骨间，毒气。"

《本草拾遗》："去暴热，利水道，令人睡。"

《食物考》："去热，利水安脏，通经气结。"

【植物小常识】

蕨菜遍布于我国各山区，常见林地、灌丛、荒山、草坡。春天长出的嫩叶俗称拳菜，吃起来清香可口，有山珍的美称。根状茎富含淀粉，其营养价值不亚于藕粉，不但可使用，还可做酿酒的原料。

【药膳或食疗推荐】

1. 取新生蕨菜，不限多少，阴干为细散。每日空心，陈米饮调下三钱匕。治疗产后痢疾。(《圣济别录》)

2. 蕨全草3-6g煎汤。每日分2-3次服。治疗脱肛。(《食物中药与便方》)

【拓展天地】 动动脑、练练手

请思考并写出描写该药物的诗句。

小巢菜

小巢菜（《纲目》），为豆科野豌豆属植物小巢菜的全草，5-7月采收全草，鲜用或晒干。

【诗歌鉴赏】

风·召南·草虫

喓喓草虫，趯趯阜螽。

未见君子，忧心忡忡。

亦既见止，亦既觏止，我心则降。

陟彼南山，言采其蕨。

未见君子，忧心惙惙。

亦既见止，亦既觏止，我心则说。

陟彼南山，言采其薇[1]。

未见君子，我心伤悲。

亦既见止，亦既觏止，我心则夷。

[1] 薇：植物名，可食。

【植物考辨】

"薇",《现代汉语词典》《辞海》等文字工具书以及现代的《诗经》译本大都解释为野豌豆,又名巢菜或是大巢菜。但是,这种解释查不到有说服力的证据,也不是唯一的解释。宋代及以后的说法大致可以分为以下几种解释:一说紫萁;一说野豌豆;一说大野豌豆。

宋以前的古籍有如下描述:《说文解字》:(薇)"菜也。似藿"。《尔雅·释草》:"薇,垂水。孙炎(三国)注:"薇草生水旁而枝叶垂于水,故垂水也。"《毛诗草木花鸟鱼虫疏》:"薇,山菜也,茎叶皆似小豆,蔓生,其味亦如小豆。藿可作羹,可生食。今官园种之,以供宗庙祭祀。"《本草纲目》引《唐本草》:"藏器曰:薇生水旁,叶似萍,蒸食利人。"概言之,以上古籍说"薇"的特征是:"似藿"或"茎叶皆似小豆"或"叶似萍",蔓生,可以食用,味如小豆。

结合宋之前的医药及植物的记载,"薇"的解释如下,野大豆、胡绿豆、贼小豆、紫萁、大野豌豆、野豌豆。根据原诗南山采薇可推测,"薇"是一种生长在山上(不一定是全部)的植物无疑。野大豆多生于潮湿的田边、园边、沟旁、河岸、湖边、沼泽、草甸、沿海和岛屿、矮灌木丛、芦苇丛中,山脚下沟边溪旁也有生长,但不生于山上。胡绿豆生地边地、空地土堆、垃圾堆等地,也不生于山上。贼小豆多生于旷野、草丛或灌丛、河滩等地,有时也生低海拔的山沟、林缘。紫萁多生于林下或溪边酸性土壤,但不是蔓生,不垂水,茎叶不似藿,也不似小豆。大野豌豆生山坡、林下等地,但是多年生,成半灌木状,不是蔓生;叶为羽状复叶,薄革质,不似藿(大豆)。本种花期有毒,未见有食用的记载,也查不到大野豌豆即是《诗经》中的"薇"之出处。野豌豆及近缘种山野豌豆,生山坡、林缘草丛,但叶不似藿(大豆)和小豆(红小豆),也不"水"。

按照《诗经》的用语习惯,凡是两种植物并列使用时,无一例外的都是近似或相类的两种植物,如:"华如桃李""禾麻菽麦""椅桐梓漆"等。那么"山有蕨薇"之"蕨"和"薇"也应该是两种近似或相类的植物。从这个角度讲,说"薇"是紫萁或是野豌豆都讲的通,但紫萁似乎更贴切协调。

《中国植物志》,紫萁、贼小豆、野豌豆甘肃不产,即当年伯夷叔齐隐居的首阳山(今甘肃渭源县莲峰乡莲峰山)不产,只产野大豆、大野豌豆、山野豌豆和小巢菜。

综上可知,《诗经》之"薇"更可能是野豌豆(山野豌豆、大野豌豆、小巢菜等统称)。本书以小巢菜为例,介绍"薇"的药物价值。

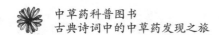

【植物特征】

小巢菜，一年生草本，生于小麦田或山坡。茎纤细，具棱线。偶数叶状复叶，顶端有卷须；托叶一边有线形齿，背面被疏柔毛；小叶 8-16 枚，叶片长圆状倒披针形，先端截形，微凹，有短尖，基部狭楔形，两面无毛。总状花序腋生，较叶为短，有花 2-5 朵，序轴及花梗均有短柔毛；萼钟状，具 5 齿，披针形，有短毛；花冠蝶形，白色或淡紫色，旗瓣椭圆形，先端截形，有细尖，翼瓣先端圆，与旗瓣等长，无耳，具爪，龙骨瓣稍短于旗瓣，无耳；雄蕊 10，二体；子房无柄，密生长硬毛。荚果长圆形，扁平，被棕色长硬毛。种子 1-2 颗，棕色，扁圆形。花、果期 3-5 月。

【植物小档案】

小巢菜			
别名	硬毛果野豌豆	界	植物界
门	被子植物门	纲	双子叶植物纲
亚纲	蔷薇亚纲	目	豆目
科	蝶形花科	族	野豌豆族
属	野豌豆属	组	硬毛果野豌豆组
种	小巢菜		

【象思维看中药】

小巢菜为豆科植物，其荚果，扁平，成熟时棕色，种子扁圆形，形如肾形，入肾经，益肾、行水；春夏交际采割，吸收少阳之气，入肝经，走血分，可活血、破血、止血，治疗月经不调等。

【药性、功用】

性平，味辛、甘，归脾、胃、肺经。清热利湿，活血止血。主治黄疸、疟疾，月经不调，白带，鼻衄。

【药性典籍】

《食疗本草》："利五脏，明耳目，去热风，令人轻健。疗五种黄病。"

《本草拾遗》："主破血，止血生肌。"

【植物小常识】

立春巢菜当礼饼

我家自贵东坡饼，不为人间肉食羞。

闻道西山薇蕨长，摘来我可辈元修。

宋代诗人家铉翁的这首诗，原题很长：《西州旧俗，每当立春前后以巢菜作饼，互相招邀名，名曰东坡饼，顷在燕尝有诗》。诗题中的巢菜，分为大巢菜、小巢菜，大巢菜即《诗经》中的"薇"，小巢菜即苕子，大巢菜、小巢菜，都是野豌豆的一种。春天，掐一些野豌豆苗，做菜做汤做包子，都不错。

这首诗用的典故出自苏东坡的长诗《元修菜》。那是苏东坡被贬至黄州第三年，素未谋面的老乡巢谷（字元修）前往投奔。

巢谷投奔东坡后，做了苏家的家庭教师。两人既是老乡，又都喜欢吃小巢菜。东坡便写了《元修菜》一诗赞美小巢菜，解释为何称它为"元修菜"。

因巢谷姓"巢"，故东坡将小巢菜戏称是巢家的菜，巢谷字元修，所以起名"元修菜"。小巢菜做法简单，苏东坡的做法是，洗净蒸熟，放卤盐，拌豆豉、葱花和姜汁。而这首诗的作者家铉翁则是用小巢菜做"饼"，宋代的"饼"不是现在的饼。家铉翁是四川人，陆游曾写过：蜀中以巢菜杂麂肉作笼饼，也就是巢菜包子。家铉翁诗中所写，十有八九是巢菜包子。

【药膳或食疗推荐】

白翘摇（小巢菜）研末，煮醪糟服。治疗鼻衄不止。（《四川中药志》1960 年版）

鲜小巢菜全草适量，加盐卤捣烂，外敷。治疗疔疮。（《浙江药用植物志》）

【拓展天地】 动动脑、练练手

请思考并写出描写该药物的诗句。

水鳖

水鳖(《庚辛玉册》)，为水鳖科水鳖属植物水鳖的全草。7-10月季采收，鲜用或晒干。

【诗歌鉴赏】

> ### 风·召南·采蘋
>
> 于以采蘋[1]？南涧之滨；于以采藻？于彼行潦。
> 于以盛之？维筐及筥；于以湘之？维锜及釜。
> 于以奠之？宗室牖下；谁其尸之？有齐季女。

[1] 蘋：水草名。

【植物考辨】

本诗通过描写一位贵族少女在祭祀中所表现出来的种种礼仪和美德，展现了社会初期的风貌。诗中，"于以采蘋"的"蘋"，自古以来便有许多不同的注解，而且在后世的诸多文本中，"蘋"字被简化成了"苹"。

其实，"苹"字古已有之。《诗经·小雅》中即有"呦呦鹿鸣，食野之苹"之语，这里的"苹"指的是当时一种名叫青蒿的植物，即黄花蒿（非今天所指的青蒿）。

在《植物古汉名图考》一书中，"食野之苹"的"苹"字被写成了"蘋"——或许，编著者认为，古时没有"苹"字，且认定其为菊科植物香青，一种与青蒿同科不同属的植物。《中国植物志》则明确指出，此"苹"为蒿属植物。"蘋"为"蕨类植物，生在浅水中。这就说明蘋与苹果本身就属于两类植物。

通过《诗经·召南》，我们知道，古人采蘋、采藻是用来祭祀的。对此，有人提出疑问：这么小而薄的叶子不堪食用，又怎好用来祭祀呢？

《左传》中有："蘋蘩蕰藻之菜……可荐于鬼神，可羞于王公。"唐代陈藏器《本草拾遗》中记载："蘋叶圆，阔寸许，叶下有一点如水沫，一名芣菜。"所谓芣菜，就是水鳖。它的叶片漂浮于水面，具有一蜂窝状的储气组织，就是陈藏器所说的"叶下有一点如水沫"。它的花期在夏秋季，花白色，伸出水面；因此，古人称为"白蘋"。水鳖的幼叶柄可食用，古人用其做羹汤以祭祀祖先。宋代郑樵所著《通志》中也提到："蘋，水菜也，叶似车前，《诗》所谓'于以采蘋'是也。"在清代顾景星的《野菜赞》中，它有个怪怪的名字——"油灼灼"，且有如下描述："叶圆大，一缺，背一点如水泡。一名芣菜。沸汤过，去苦涩，须姜醋，宜作干菜。根甚肥美。

对于《诗经》中所提到的"蘋"，学界一直存在诸多争议，据以上描述及多方考证，《诗经》中的"蘋"可能指的是水鳖这种植物。

在古人眼里，还有一种植物与水鳖很像，所谓"大者名蘋，中者名荇"。荇，也叫莕菜（《唐本草（新修本草）》），多年生水生草本植物。产全国绝大多数省区，生于池塘或不甚流动的河溪中。花金黄色，整个花期长达4个多月。

在《植物实名图考》中，水鳖有一个很奇怪的名字——马尿花。马尿花为浮水草本植物，须根长可达30cm，匍匐茎发达；叶簇生，多漂浮，有时伸出水面；叶片心形或圆形。全国多省区皆有，生于静水池沼中；大洋洲和亚洲其他地区也有。可作饲料及绿肥；幼叶柄作蔬菜。也可入药。

综上所述，《诗经》中的"蘋"最大的可能就是水鳖这种植物。

【植物特征】

水鳖，浮水草本，生于静水池沼间。须根长可达30cm匍匐茎发达，节间长3-15cm，先端产生越冬芽。叶簇生；叶柄长1-8cm；叶片圆形或心形，全缘，叶背面又蜂窝状贮气组织，并具气孔。花单性，雌雄同株，生于叶腋；雄花序腋生，叶状佛焰苞2，具红紫色条纹，包内雄花5-6朵，萼片3，具红色斑点，花瓣3，黄色，雄蕊12枚；雌花白色，单生于佛焰苞内，花被和雄花同数，具成对的6枚退化雄蕊，子房下位，卵形，6室，柱头6，线形，先端2裂。果实浆果状，倒卵形，内具种子数枚。花、果期8-10月。

【植物小档案】

水鳖			
界	植物界	门	被子植物门
纲	单子叶植物纲	目	沼生目
亚目	花蔺亚目	科	水鳖科
属	水鳖属	种	水鳖

【象思维看中药】

水鳖，水生漂浮草本，水生植物均耐水，水鳖具有较强的水质净化能力，所以此药可利水祛湿；因为漂浮之物，质地轻浮，易于透表，透疹。

【药性、功用】

苦、寒，清热利湿，主治湿热带下。

【药性典籍】

《别录》：“下气，以淋浴生毛发。”

《滇南本草》：“治妇人赤白带。”

【植物小常识】

被名字耽误的水鳖

洁白晶莹的花瓣，鲜黄的花蕊如海菜花般清新脱俗，然而，它却有着一个容易让人误解的名字“水鳖”。水鳖是水鳖科水鳖属的浮水草本植物，其叶片形状酷似心脏，叶背有一个宽卵形的气泡状贮气组织存储空气，看起来像鳖，因此被称为“水鳖”。

【药膳或食疗推荐】

水鳖幼叶柄可做蔬菜，多不常用为食物。

【拓展天地】 动动脑、练练手

请思考并写出描写该药物的诗句。

聚藻

聚藻（《本草图经》）为小二仙草科狐尾藻属植物穗状狐尾藻的全草。从 4 月至 10 月，隔 2 个月采收 1 次，每次采收池塘中 1/2 的聚藻，鲜用、晒干或烘干。

【诗歌鉴赏】

> ### 风·召南·采蘋
>
> 于以采蘋？南涧之滨；于以采藻[1]？于彼行潦。
>
> 于以盛之？维筐及筥；于以湘之？维锜及釜。
>
> 于以奠之？宗室牖下；谁其尸之？有齐季女。

[1] 藻，水草名。

【植物考辨】

多数学者认为水草名，无具体植物；一部分认为藻即为水藻，一部分认为蔹草，也即虾藻，笔者参考《中药大辞典》，认为藻，可视为聚藻，供药用。

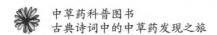

【植物特征】

聚藻，多年生沉水草本。生于沼泽、湖泊、沟渠中。根状茎匍匐，节上生须根。茎圆柱形，伸长，常分枝，依水的深浅不同而长度不一，节间长3-4cm。叶4枚轮生；无柄，深绿色，长椭圆形至披针形，长2-3cm，羽状深裂，裂片线形，细密，互生或近对生。穗状花序顶生，挺立于水面，果期沉于水中；花单性，4至多数轮生，雌雄花同株；雄花居上部，苞片绿色，边缘红色，长圆形，小苞片卵形，萼管钟状，花萼4，卵状三角形，花瓣4，红色变绿，舟状匙形，早落，雄蕊8，淡绿色或黄绿色；雌花生下部，萼管几乎平截或具浅齿，花瓣4，卵圆形，先端钝，粉红色，早落，子房下位，4室，柱头4，羽状，向外反转。果球形。花期4-10月。

【植物小档案】

聚藻			
门	被子植物门	界	植物界
目	小二仙草目	纲	双子叶植物纲
属	狐尾藻属	科	小二仙草科
种	穗状狐尾藻		

【象思维看中药】

聚藻，多年生沉水草本，生于沼泽、湖泊、沟渠中，吸收寒水之性，又耐水性，可利水清热，治疗热病烦渴类疾病；生活于水中可以净化水质，因而可解毒，又性寒，可以治疗丹毒、疮疖、烫伤等外科热性壅毒之证。

【药性、功用】

甘、淡、寒。清热、凉血、解毒。主治热病烦渴，赤白痢，丹毒，疮疖，烫伤。

【药性典籍】

《广西本草选编》："清热解毒。治痢疾、烧烫伤。"

【植物小常识】

藻对于人类的意义

我国利用藻类作为食品，不但有悠久的历史，食用的种类和方法之多，也是世界闻名的。据初步统计，我国所产的大型食用藻类至少有 50-60 种，经常作为商品出售的食用藻类主要是海产藻类。

藻类对于医学和农业也有很密切的关系。有的直接作为药用，例如褐藻中的海带、裙带菜、羊栖菜等，都有防治甲状腺肿大的功效。红藻中的鹧鸪菜和海人草可作为驱除蛔虫的特效药。从褐藻中提取的藻胶酸、甘露醇和红藻中提取的琼胶也在医学中广泛应用。土壤藻类不但可以积累有机物质，刺激土壤微生物的活动，增加土壤中的含氧量，防止无机盐的流失，减少土壤的侵蚀，其中有些蓝藻还能固定空气中游离的氮素，在提高土壤肥力中起重要作用。此外，藻类是鱼类食物链的基础，鱼类的天然饵料，一般都直接或间接地来自浮游藻类，所以在淡水鱼类养殖中，多通过施肥，繁殖藻类，为鱼类提供饵料。但是，当浮游藻类大量繁殖发生水华的时候，由于水中缺氧或产生有毒物质，也往往引起鱼类大量死亡。

以藻类为原料所制成的产品，特别是藻胶酸盐，已广泛应用于工业生产中。例如琼胶在食品工业中可作为凝固剂和糖一起制成软糖，和淀粉一起制成包糖用的糯米纸，制面包时加入琼胶可以使面包保持长期的松软，加入果子露中，可制成冷冻果汁；制鱼、肉罐头时加入琼胶，可以保持鱼、肉的原形，不致在运输中散开。在建筑业中，藻胶酸除用以粉刷墙壁、水泥加固、涂敷木材、金属品和工作母机外，还可以制成格子板和油毡的代用品。

藻很神圣，是作为祀神祭祖的灵物。水藻还有灭火之意，在有名的建筑物上多装饰有藻井，是室内顶棚的独特装饰部分，多用在宫殿、庙宇、佛坛上方最重要的部位，象征着富丽堂皇、至高神圣。

【药膳或食疗推荐】

鲜金鱼草（聚藻别称）全草捣烂，取汁涂。治疗烧烫伤。（《广西本草选编》）

【拓展天地】 动动脑、练练手

请思考并写出描写该药物的诗句。

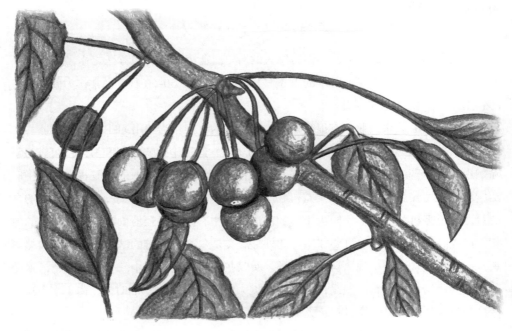

棠梨

棠梨（《纲目》），为蔷薇科梨属杜梨的果实，8-9月果实成熟时采摘，晒干或鲜用。杜梨的枝叶为棠梨枝叶（《纲目》），6-7月采收枝叶，将枝切断，晒干。杜梨的树皮为棠梨树皮（《湖南药物志》），全年均可采，剥去树皮，晒干。

【诗歌鉴赏】

风·召南·甘棠

蔽芾甘棠[1]，勿翦勿伐，召伯所茇。
蔽芾甘棠，勿翦勿败，召伯所憩。
蔽芾甘棠，勿翦勿拜，召伯所说。

[1] 甘棠，植物名。

【植物考辨】

诸家注释比较一致，均认为，甘棠即棠梨，落叶乔木，又名杜梨。本植物棠梨、棠梨枝叶、棠梨树皮均供药用。

【植物特征】

杜梨，又名棠梨树，乔木，高达 10m。生于海拔 50-1800m 的平原或山坡阳处。枝有刺，嫩时密被灰白色绒毛。叶互生，柄长 2-3cm，被灰白色绒毛；叶片菱状卵形至长卵形，边缘有粗锐锯齿。花两性；伞形总状花序，有花 10-15 朵，两面均微被绒毛，早落；花瓣 5，宽卵形，白色；雄蕊 20，花药紫色；花柱 2-3，基部微具毛。果实近球形，褐色，有淡色斑点，基部具带绒毛果梗。花期 4 月，果期 8-9 月。

【植物小档案】

杜梨			
别名	棠梨、土梨、海棠梨、野梨子，灰梨	界	植物界
门	被子植物门	纲	双子叶植物纲
目	蔷薇目	科	蔷薇科
亚科	苹果亚科	属	梨属
种	杜梨		

【象思维看中药】

杜梨，秋季果实成熟采摘，果成于秋季，秋主收，秋气宜降，棠梨性寒味涩酸，归肺、大肠经，宜涩肠，敛肺，主治泻痢、咳嗽，棠梨皮效更佳；本为成熟果实，味酸，宜消食，主治伤食。

【药性、功用】

酸、甘、涩、寒。归肺、胃、大肠经。涩肠，敛肺，消食。主治泻痢，咳嗽，食积。

【药性典籍】

《纲目》："烧食，止滑痢。"

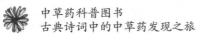

《玉楸药解》："收肠敛肺，止泄除呕。"

《本草省常》："生食止呕，熟食止泻。"

【植物小常识】

我只能做"地基"了

杜梨这种树很少见了，上了年纪的人才很熟悉，它的果实很小，像个算盘珠。刚采的杜梨不能吃，酸涩得很，若放上一段时间，它的果实就软化了、糖化了，吃起来甘甜。现在杜梨幼苗常用来做梨和西洋梨树嫁接的砧木。

【药膳或食疗推荐】

棠梨干果 30g。水煎服，治疗腹泻。(《湖南药物志》)

【拓展天地】 动动脑、练练手

请思考并写出描写该药物的诗句。

乌梅

　　乌梅(《本草经集注》),为蔷薇科李属植物梅近成熟果实经熏焙加工而成,5-6月间,当果实呈黄白或青黄色,尚未完全成熟时采摘。按大小分开,分别置炕上,用无烟火炕焙,火力不易过大,温度保持在40℃左右。当梅子焙至六成干时,轻轻翻动,使其干燥均匀。一般炕焙2-3昼夜,至果肉呈黄褐色起皱皮为度。焙后再闷2-3日,待变成黑色即成。梅的叶为梅叶(《本草拾遗》),7-10月采收,晒干或鲜用。绿萼梅的花蕾为梅花(《纲目》),1月花未开放时采摘花蕾,及时低温干燥。梅的根为梅根(《别录》),全年可采,挖取侧根,切断晒干或鲜用。梅的带叶枝条为梅梗(《纲目拾遗》),7-10月将带叶的枝条剪下,切断鲜用。梅的种仁为梅核仁(《纲目》),将成熟的果实,除去果肉,砸开核,取种仁晒干。

【诗歌鉴赏】

风·召南·摽有梅

摽有梅[1]，其实七兮。求我庶士，迨其吉兮。

摽有梅，其实三兮。求我庶士，迨其今兮。

摽有梅，顷筐塈之。求我庶士，迨其谓之。

[1] 梅，植物名。

【植物考辨】

梅，即落叶乔木植物梅，其叶、根、花蕾、带叶枝条、种子均可入药。

【植物特征】

梅，落叶乔木，树皮灰棕色，小枝细长，先端刺状。单叶互生；叶柄长 1.5cm，被短柔毛；托叶早落；叶片椭圆状宽卵形。春季先叶开花，有香气，1-3 朵簇生于二年生侧枝叶腋。花梗短；花萼通常红褐色，但有些品种花萼为绿色或绿紫色；花瓣 5，白色或淡红色，宽倒卵形；雄蕊多数。果实近球形，黄色或绿白色，被柔毛；核椭圆形，先端有小突尖，腹面和背棱上有沟槽，表面具蜂窝状孔穴。花期冬春季，果期 5-6 月。

【植物小档案】

梅			
界	植物界	门	被子植物门
纲	双子叶植物纲	目	蔷薇目
科	蔷薇科	亚科	李亚科
属	杏属	种	梅

【象思维看中药】

乌梅，冬春开花，立夏后为果期，味酸性平，酸能收，能敛，能生津，归肝、脾、肺、大肠经，能敛肺以止咳，能涩肠以止泻，能摄血以止血，能摄津以生津，涩肠以安蛔。主治久咳不止，久泄久痢，尿血便血，崩漏，虚热烦渴，蛔厥腹痛。

【药性、功用】

乌梅，酸、平，归肝、脾、肺、大肠经。敛肺止咳、涩肠止泻，止血，生津，安蛔。主治久咳不止，久泄久痢，尿血便血，崩漏，虚热烦渴，蛔厥腹痛，疮痈胬肉。

【药性典籍】

《本经》"主下气，除热烦满，安心，肢体痛，偏枯不仁，死肌，去青黑痣，恶疾。"

《别录》："止下痢，好唾，口干。"

《本草经集注》："伤寒烦热，水渍饮汁。"

《纲目》："敛肺涩肠，治久嗽，泻痢，反复噎膈，蛔厥吐利，消肿，涌痰，杀虫，解鱼毒、马汉毒、硫黄毒。"

【有关梅的成语典故】

"折梅寄远"

此典故出自南朝宋诗人陆凯的《赠范晔诗》"折花赠驿使，寄予陇头人。江南无所有，聊赠一枝春。"借东风第一枝的梅将春的讯息、真挚的友情和浓浓的思念传递给友人范晔，梅花作为寄托相思感情的媒介物丰富着咏梅诗的内涵。

"梅妻鹤子"

指宋代著名诗人、高士林逋（字和靖）。以梅妻鹤子而闻名于天下的林逋，爱梅入魔，他不仅在小孤山种满梅花，歌咏啸傲其中，而且终身不娶，以梅为妻，以鹤为子，真正不同凡俗。林逋共写了咏梅诗八首，被称为"孤山八梅"，通过咏梅来表现自己品性的高洁。许多咏梅诗人在自己诗词中提及林逋，都表明自己与林逋相同的爱梅情结及超凡脱俗、高洁孤傲的节操、志向。

"望梅止渴"

意思是梅子酸，人想吃梅子就会流涎，因而止渴。后比喻愿望无法实现，用空想安慰自己。出自《世说新语·假谲》。南朝宋·刘义庆《世说新语·假谲》："魏武行役失汲道，军皆渴，乃令曰：'前有大梅林，饶子，甘酸可以解渴。'士卒闻之，口皆出水，乘此得及前源。"

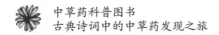
"梅开二度"

意思是指同一件事成功地做到两次。"梅开二度"源于惜阴堂主人（宣澍甘）编写的长篇小说《二度梅》（后京剧、越剧、评剧均有改编和演出）。该书写的是唐朝梅良玉与陈杏元的爱情故事，其中有这样的情节：梅父遭宰相卢杞陷害，梅良玉在盛开梅花被狂风全部吹落的当晚设祭，祝祷梅花重开二度，父冤得以昭雪。后来，梅花果然二度怒放。梅、陈历经患难，终得圆满结局。"梅开二度"从此广为流传。

【药膳或食疗推荐】

乌梅肉（微炒）、御米壳（去筋膜，蜜炒）。等分为末。每服二钱，睡时蜜汤调下。治久咳不已。（《纲目》）

【拓展天地】 动动脑、练练手

请思考并写出描写该药物的诗句。

白茅根

　　白茅根(《本草经集注》)，为禾本科白茅属植物白茅的根茎，春、秋季采挖，除去地上部分和鳞片状的叶鞘，鲜用或扎把晒干。本植物的花穗为白茅花(《日华子》)，4-5月花盛开前，摘下带茎的花穗，晒干。本植物的初生未放花序为白茅针(《本草拾遗》)，4-5月采摘未开放的花序，鲜用或晒干。本植物的叶为茅草叶(《重庆草药》)，全年可采。

【诗歌鉴赏】

风·召南·野有死麕

野有死麕，白茅[1]包之。有女怀春，吉士诱之。

林有朴樕，野有死鹿。白茅纯束，有女如玉。

舒而脱脱兮！无感我帨兮！无使尨也吠！

[1] 白茅，植物名。

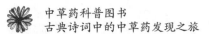

【植物考辨】

白茅，禾本科植物，白茅。其叶、花穗、初生未放花序、根茎可供药用。

【植物特征】

白茅，多年生草本，生于路旁向阳干草地或山坡上。根茎白色，匍匐横走，密被鳞片。秆丛生，直立，圆柱形，光滑无毛，基部被多数老叶及残留的叶鞘。叶线形或线状披针形；根出叶长几与植株相等；茎生叶较短；叶鞘褐色，无毛，或上部及边缘和鞘口具纤毛，具短叶舌。圆锥花序紧缩呈穗状，顶生，圆筒状，雄蕊2，花药黄色；雄蕊1，具较长的花柱，柱头羽毛状。颖果椭圆形，暗褐色，成熟的果序被白色长柔毛。花期5-6月，果期6-7月。

【植物小档案】

白茅			
别名	茅、茅针、茅根	界	植物界
门	被子植物门	纲	单子叶植物纲
目	禾本目	科	禾本科
亚科	黍亚科	族	高粱族
亚族	甘蔗亚族	属	白茅属
种	白茅		

【象思维看中药】

白茅，多年生草本，生于路旁向阳干草地或山坡上。根茎白色，匍匐横走。白茅根，走窜，通络，具有较强的疏利作用，甘、寒，入膀胱经可利尿通淋，主治小便淋沥涩痛，水肿，黄疸。可入肺、胃经，以降胃热通胃络而生津，清肺热以止咳喘，主治热病烦渴、肺热咳喘、胃热呕逆等。5-6月开花，均禀赋春之少阳气，可以入肝经、疏利血脉，可凉血止血，治疗血热导致的各种出血。

【药性、功用】

白茅根，甘、寒，归心、肺、胃、膀胱经。清热生津，凉血止血，利尿通淋。主治热病烦渴，肺热喘咳，胃热呕逆，血热出血，小便淋沥涩痛，水肿，黄疸。

【药性典籍】

《本经》："主劳伤虚羸，补中益气，除瘀血，血闭寒热，利小便。"

《药性论》："能破血，主消渴。"

《纲目》："止吐衄诸血，伤寒哕逆，肺热喘急，水肿黄疸，解酒毒。"

《本经逢原》："治胃反上气，五淋疼热及痘疮干紫不起。"

【植物小常识】

茅根在古代可不是普通的草根

古代茅根常用于制作蓑衣，还用来盖茅草屋。有成语"茅塞顿开""拔茅连茹""分茅赐土"等与之相关，其中"分茅赐土"的意思是分封爵位与土地，可见在古代茅根的地位是很高的，甚至祭祀的时候也会用到——将酒洒在茅根上，用其洁白的柔毛过滤之后才可祭祀祖宗或上天。反倒是现代出现了所谓的"草根明星""草根文化"等词语，茅根的地位明显降低，基本上只能用来烧火了，虽然如此却也不影响茅根曾有过深厚的人文历史。

【药膳或食疗推荐】

1. 茅根（切）二升。三捣取汁令尽，渴即服之。治疗热渴，头痛，壮热，及妇人血气上冲闷不堪。（《千金方》）

2. 鲜茅根不拘量。水煎代茶服，疹未透者轻煎，疹已透者浓煎，若热毒火盛，取鲜茅根 30-60g，和等量荸荠皮，水煎代茶饮。治麻疹。（《闽东本草》）

【拓展天地】 动动脑、练练手

请思考并写出描写该药物的诗句。

郁李仁

郁李仁（《本经》），为蔷薇科郁李属植物郁李、欧李及榆叶梅属植物榆叶梅、长梗扁桃等的种仁。当果实呈鲜红色后采收。将果实堆放在阴湿处，待果肉腐烂后，取其果核，稍晒干，将果核压碎去壳，即得种仁。郁李得根为郁李根（《本经》），9-12月采挖，切断，晒干。

【诗歌鉴赏】

> ## 风·召南·何彼襛矣
>
> 何彼襛矣，唐棣[1]之华？曷不肃雍？王姬之车。
>
> 何彼襛矣，华如桃李？平王之孙，齐侯之子。
>
> 其钓维何？维丝伊缗。齐侯之子，平王之孙。

[1] 唐棣，植物名。

【植物考辨】

《召南·何彼襛矣》一诗的主旨，说法不一，《毛诗序》以为是"美王姬"之作，诗中极力抒写王姬出嫁时车服的豪华奢侈和结婚场面的气派、排场。首句"何彼襛矣，唐棣之华"，其中的"襛"是个关键字。《说文》："衣厚也。"《说文解字注》："唐棣之华。"《传》曰："襛，犹戎戎也"即茂盛貌、浓密貌。朱熹《诗集传》："襛，盛也。"整句的意思就是为什么那样浓茂绚烂？如同盛开的唐棣花一般。那么唐棣说的是什么植物呢？

现代《诗经》译注有两种说法：一说白杨之类或是小叶杨。杨属植物都是荑夷花序，细圆柱状，柔软下垂，毛毛茸茸，色土黄，早春盛开。杨花虽稠密，但谈不上"襛，盛也"，也与下章的"华如桃李"不类，也很难让人联想到王姬出嫁时的华美景象。当然这里只是起兴而已。枎栘（杨树）说者都以《论语·子罕》"唐棣之华，偏其反而"之说为例，把"反"理解为反转摇摆，有的还说"偏"同"翩"，"偏反"即"翩翩"之意。这倒与杨花盛开时的形态相合。

一说郁李。郁李是蔷薇科灌木，花有白有粉红，浓密艳丽（野生者单瓣），花如桃李，光艳照人，这与诗中所铺陈的华丽豪华的场面相合，也与"华如桃李"相符合，但又不好解释"偏其反而"。

我认为，"何彼襛矣，唐棣之华"之唐棣，应该是指郁李，因为第二章明白的说"何彼襛矣，华如桃李"。杨树怎么会"花如桃李"呢？《尔雅》"唐棣，栘"和《论语·子罕》"棠棣之华，偏其反而"当从《中国植物志》和《中药大辞典》之说，即今之蔷薇科唐棣属之唐棣。唐棣花有"偏其反而"之形态。郁李的种仁、根入药。

【植物特征】

郁李，落叶灌木，生于向阳山坡、路旁或小灌木丛中。树皮灰褐色，有不规则纵条纹；幼枝黄棕色，光滑。叶互生；叶柄长 2-3mm，被短柔毛，托叶 2 枚，线形，早落；叶片通常为长卵形或卵圆形，先端渐尖，基部圆形，边缘有缺刻状尖锐重锯齿，上面深绿色，无毛，下面淡绿色，脉上无毛或有稀疏柔毛。花先叶开放或花叶同时开放，1-3 朵簇生，花梗长 5-10mm，有棱；萼筒陀螺形，无毛，萼片椭圆形，先端圆钝，边有细齿；花瓣白色或粉红色，倒卵状椭圆形；雄蕊约 32；花柱与雄蕊近等长，无毛。核果近球形，深红色；核表面光滑。花期 5 月，果期 7-8 月。

【植物小档案】

郁李			
别名	爵梅，秧李	界	植物界
门	被子植物门	纲	双子叶植物纲
亚纲	原始花被亚纲	目	蔷薇目
亚目	蔷薇亚目	科	蔷薇科
亚科	李亚科	属	樱属
亚属	矮生樱亚属	种	郁李

【象思维看中药】

郁李仁，为植物的种仁，可润肠通便，主治肠燥便秘；种子均有生根发芽之性，于土中生根即有下行之力，入脾、大肠经，可以降腹气，下气利水，通便，利小便，治疗腹满水肿、便秘、小便不利。

【药性、功用】

辛、苦、甘、平，归脾、大肠、小肠经。润肠通便，下气利水。主治肠燥便秘，小便不利，水肿腹满，脚气。

【药性典籍】

《本经》"主大腹水肿，面目、四肢浮肿，利小便水道。"
《药性论》："治肠中结气，关格不通。"
《珍珠囊》："破血、润燥。"

【药膳或食疗推荐】

郁李仁一两。用水一升，研如杏酪，去滓，煮令无辛气，次下酥一枣许，放温顿服之。治积年上气，咳嗽不得卧。（《圣济总录》）

【拓展天地】 动动脑、练练手

请思考并写出描写该药物的诗句。

李子

　　李子(《滇南本草》),为蔷薇科李属植物李的果实。7-8月果实成熟时采摘,鲜用。植物李的根为李根(《本草经集注》),9-10月采收,刮去粗皮,切断,晒干或鲜用。植物李的花为李子花(姚可成《食物本草》),4-5月间花盛开时采摘,晒干。李的叶为李树叶(《日华子》),7-10月采叶,鲜用或晒干。李的种子为李核仁(《吴普本草》),7-8月果实成熟时采摘,除去果肉收果核,洗净,破核取仁,晒干。李的根皮为李根皮(《别录》),9-10月挖根,剥去根皮,晒干。

【诗歌鉴赏】

> ### 风·召南·何彼襛矣
>
> 何彼襛矣,唐棣之华?曷不肃雝?王姬之车。
>
> 何彼襛矣,华如桃李[1]?平王之孙,齐侯之子。
>
> 其钓维何?维丝伊缗。齐侯之子,平王之孙。

[1] 李,植物名。

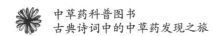
🌿【植物考辨】

李，植物名，根据诗经的写作特点，桃李为同类两种乔木，即为李树，其树根、根皮、叶、花、果实、种子均供药用。

🌿【植物特征】

李，乔木，生于海拔 400-2600m 的山沟路旁或灌木林内。树皮灰褐色，粗糙；小枝无毛，紫褐色，有光泽。叶互生，叶柄近顶端有 2-3 腺体；叶片长方倒卵形或椭圆倒卵形，先端短骤尖或渐尖，基部楔形，边缘有细密圆钝重锯齿。花两性；通常 3 朵簇生；萼筒杯状，萼片及花瓣均为 5；花瓣白色；雄蕊多数，排成不规则 2 轮；雌蕊 1，柱头盘状，心皮 1，与萼筒分离。核果球形或卵球形。花期 4-5 月，果期 7-8 月。

🌿【植物小档案】

李				
别名	玉皇李、嘉应子、嘉庆子、山李子等	界	植物界	
门	被子植物门	纲	双子叶植物纲	
亚纲	原始花被亚纲	目	蔷薇目	
亚目	蔷薇亚目	科	蔷薇科	
亚科	李亚科	属	李属	
亚属	李亚属	种	李	

🌿【象思维看中药】

李子，均为夏秋交接之际采收，禀受秋气之性，可入肺经，可清肺热，生津液，甘酸宜补益津液退虚热，主治虚劳骨蒸，消渴。

🌿【药性、功用】

甘、酸、平，清热，生津，主治虚劳骨蒸，消渴。

🌿【药性典籍】

《别录》："除痼热，调中。"

《千金方》:"宜心。""肝病宜食。"
《医林纂要》:"养肝、泻肝,破瘀。"

【植物小常识】

殷墟出土的三千年前的甲骨文中已有"李"字,河北藁城台西村商代遗址也曾出土过郁李或欧李的核仁,两千多年前的《诗经》中有"华如桃李"和"投我以桃,报之以李"的诗句,可见在商周时代这是中原一带颇受重视的两大水果,所以才作为礼物和审美对象出现。

【药膳或食疗推荐】

李甘酸凉。熟透食之,清肝涤热,活血生津。惟槜李为胜,而不能多得。不论何种,以甘鲜无酸苦之味者佳。多食生痰助湿热,发疟、痢脾弱者尤忌之。亦可盐曝、糖收、蜜渍为脯。(《随息居饮食谱》)

【拓展天地】 动动脑、练练手

请思考并写出描写该药物的诗句。

芦根

芦根(《别录》)，为禾本科植物芦苇的根茎，栽后 2 年即可采挖。一般在 7-10 月挖起地下茎，除掉泥土，剪去须根，切断，晒干或鲜用。植物芦苇的嫩苗为芦笋(《本草图经》)，5-7 月采挖，晒干或鲜用。芦苇的花为芦花(《唐本草》)，7-8 月采收，晒干。植物芦苇的嫩茎为芦茎(《新修本草》),6-9 月采收，晒干或鲜用。芦苇的叶叫芦叶(《新修本草》),5-10 月均可采收。

【诗歌鉴赏】

国风·召南·驺虞

彼茁者葭[1]，壹发五豝，于嗟乎驺虞！

彼茁者蓬，壹发五豵，于嗟乎驺虞！

[1] 葭，植物名。

【植物考辨】

从本首诗的意思看，被箭射中的猪，被包围在葭中，芦苇初生叫葭，结合各注家的注解，葭即芦苇，其根茎、叶、花、嫩茎、嫩苗供药用。

【植物特征】

芦苇，多年生高大草本，生于河流、池沼岸边浅水中。地下茎粗壮，横走，节间中空，节上有芽。茎直立，中空。叶2列，互生；叶鞘圆筒状，叶舌有毛；叶片扁平，边缘粗糙。穗状花序排列成大型圆锥花序，顶生，微下垂，下部梗叶腋间具白色柔毛；小穗通常有4-7花；第一花通常为雄花，颖片披针形，不等长，第一颖片长为第二颖片之半或更短；外稃长于内稃，光滑开展；两性花，雄蕊3，雌蕊1，花柱2，柱头羽状。颖果椭圆形至长圆形，与内稃分离，花、果期7-10月。

【植物小档案】

芦苇			
界	植物界	门	被子植物门
纲	单子叶植物纲	目	禾本目
科	禾本科	亚科	芦竹亚科
属	芦苇属	种	芦苇

【象思维看中药】

芦苇，生于河流、池沼岸边浅水中，耐水，性寒，地下茎粗壮，横走，节间中空，茎直立，中空，如同支气管、气管、毛细支气管之形，中空管状，形像，可入肺经，通络祛痰，尤其治疗热痰，肺热咳嗽咯痰、肺痈吐脓尤佳。芦苇为根茎中空管状，质地轻，利于透邪，治疗热病及麻疹等表证。耐水，根茎形如同输尿管之象，可入膀胱经而清热利尿，治疗各种热性淋证及热入膀胱之证。

【药性、功用】

芦根，甘，寒，归肺、胃、膀胱经。清热除烦，透疹解毒。主治热病烦渴，胃热呕哕，肺热咳嗽，肺痈吐脓，热淋，麻疹，解河豚鱼毒。

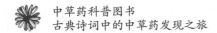
【药性典籍】

《别录》："主消渴客热，止小便利。"

《药性论》："能解大热，开胃，治噎哕不止。"

【植物小趣事】

一苇渡江的故事

传说，印度有一位著名的佛学高僧，名叫达摩，他立志到中国传播佛法，达摩听闻梁武帝（萧衍）信奉佛法、善待僧人，便前往梁朝国都建康（今南京）和梁武帝谈佛法。但二人观点不同导致话不投机，不欢而散。达摩离开建康，一路北上。当时，正值中国南北分裂时期，梁武帝听说达摩要前往北方，投奔北魏，便派人去追。追兵赶到时，达摩正准备渡江，见追兵忽至，就在江边折了一束芦苇，立在芦苇上飘然过江。达摩"一苇渡江"后，来到了北魏洛阳，后来他就在嵩山西麓五乳峰的天然石洞中面壁九年，终于觉悟，成为中国佛教禅宗的创始人。

【药膳或食疗推荐】

1. 鲜芦苇根，捣绞汁，调蜜服。治疗咽喉肿痛。（《泉州本草》）

2. 鲜芦根、鲜白茅根各 30g，白糖适量。水煎，当茶喝。治猩红热。（《河南中草药手册》）

【拓展天地】 动动脑、练练手

请思考并写出描写该药物的诗句。

酸枣仁

酸枣仁(《雷公炮炙论》),为鼠李科枣属植物酸枣的种子,栽后7-8年9-10月果实呈红色时,摘下浸泡1夜,搓去果肉,捞出,碾破核壳,淘取酸枣仁,晒干。酸枣的叶为棘叶(《纲目》),5-7月采叶,鲜用或晒干。酸枣的花为棘刺花(《别录》),花初开时采收,阴干或烘干。酸枣的果肉为酸枣肉(《安徽中草药》),秋后果实成熟时采收,去除果核,晒干。酸枣的棘刺为棘针(《本经》),常年均可采,晒干。酸枣的树皮为酸枣树皮(《陕西宁青中草药选》),全年可采剥,晒干。酸枣的根为酸枣根(《宁夏中草药手册》),秋冬季采挖,鲜用或切片晒干。酸枣的根皮为酸枣根皮(《陕西中草药》),秋冬季采剥,晒干。

【诗歌鉴赏】

风·邶风·凯风

凯风自南,吹彼棘[1]心。棘心夭夭,母氏劬劳。

凯风自南,吹彼棘薪。母氏圣善,我无令人。

爰有寒泉,在浚之下。有子七人,母氏劳苦。

睍睆黄鸟,载好其音。有子七人,莫慰母心。

[1] 棘,植物名。

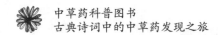
🌼【植物考辨】

棘，酸枣树，本植物的叶、花、果肉、棘刺、树皮、根、根皮供入药。

🌼【植物特征】

酸枣，落叶灌木，稀为小乔木，生于向阳或干燥的山坡、山谷、丘陵、平原、路旁及荒地。老枝灰褐色，幼枝绿色；于分枝基部处具刺1对，1枚针形直立，长达3cm，另1枚向下弯曲，长约0.7cm。单叶互生；托叶针状；叶片长圆状卵形至卵状披针形，先端钝，基部圆形，稍偏斜，边缘具细锯齿。花小，2-3朵簇生生于叶腋；花萼5裂，裂片卵状三角形；花瓣5，黄绿色，与萼片互生；雄蕊5，与花瓣对生；花盘明显，10浅裂；子房椭圆形，埋于花盘中，花柱2裂。核果肉质，近球形，成熟时暗红褐色，果皮薄，有酸味。花期6-7月，果期9-10月。

🌼【植物小档案】

酸枣			
别名	小酸枣、山枣、棘	界	植物界
门	被子植物门	纲	双子叶植物纲
亚纲	原始花被亚纲	目	鼠李目
科	鼠李科	族	枣族
属	枣属	种	枣
亚种	酸枣		

🌼【象思维看中药】

酸枣仁是酸枣的果仁，其皮紫红色，外形扁圆而似心，故入心而安心神。如《药品化义》曰："枣仁，仁主补，皮赤类心，用益心血。"另其味酸甘，可化阴而入肝，故可滋养肝血。诚如《本草崇原》："枣肉味酸，肝之果也，得东方木味，能达肝气上行，食之主能醒睡。枣仁形园色赤，禀火土之气化。火归中土，则神气内藏，食之主能瘟寐。"

《药性切用》称酸枣仁"生用酸平，熟酸温"。其既可入心走血，又能胃酸收敛，故可宁心敛汗，为治虚劳烦热、多汗不寐良药，如《普济方》以其配伍麦门冬、榆叶所制之酸枣丸等。《本草切要》"酸枣仁佐归、参可以敛心；佐归、芍可以敛肝；佐归、术可以敛脾；佐归、麦可以敛肺；佐归、柏可以敛肾；佐归、苓可以敛肠胃、膀胱；佐归、芪可以敛气而灌溉营卫；佐归、地可以敛血而荣养真阴。"酸味可以刺激唾液腺分泌，所以酸枣仁又有生津之效，可用于津伤口渴。

【药性、功用】

酸枣仁，甘、平。归心、肝经。宁心安神，养肝，敛汗。主治虚烦不眠，惊悸怔忡，补虚自汗、盗汗。

【药性典籍】

《本经》："主心腹寒热，邪结气聚，四肢酸疼，湿痹。久服安五脏，轻身延年。"

《药性论》："主筋骨风，炒末作汤服之。"

《新修本草》："补中益气。"

《本草汇言》："养气安神，荣筋养髓，和胃运脾。"

【药膳或食疗推荐】

1. 酸枣树皮 500g，黄柏 125g。加水 1500ml，煎成 300ml。喷涂创面。治疗烧烫伤（Ⅰ - Ⅱ度）。（《沙漠地区药用植物》）

2. 酸枣仁二升，以水二大盏半，研滤取汁，以米二合煮作粥，候临熟，入地黄汁一合，更微煮过。不计时候食之。治疗骨蒸，心烦不得眠。（《圣惠方》）

【拓展天地】 动动脑、练练手

请思考并写出描写该药物的诗句。

芜菁

芜菁(《别录》),为十字花科云薹属植物芜菁的根或叶,冬季及翌年3月间采收,鲜用或晒干。本植物的花为芜菁花(《证类本草》),3-4月花开时采收,鲜用或晒干。本植物的种子为芜菁子(《别录》),6-7月果实成熟时,割取全株,晒干,打下种子。

【诗歌鉴赏】

> **风·邶风·谷风**
>
> 习习谷风,以阴以雨。黾勉同心,不宜有怒。
> 采葑[1]采菲,无以下体?德音莫违,及尔同死。

[1] 葑,植物名。

【植物考辨】

葑,在《诗经》中共出现三次,分别为《邶风·古风》:"采葑采菲,无以下体",《鄘风·桑中》:"爰采葑矣,沫之东矣",《唐风·采苓》:"采葑采葑,首阳之东"。《毛诗传》:"须也";《尔雅·释草》:"须,葑苁"。晋·郭璞说:"葑,蔓菁,幽州人或谓之芥。"《礼记·坊记》注云:"葑,蔓菁也。《方言》云:蘴荛,芜菁也。陈楚谓之葑,齐鲁谓之荛,关西谓之芜菁,赵魏之部谓之大芥。蘴与葑字虽异音实同,即葑也,须也,芜菁也,蔓菁也,葑苁也,荛也,芥也,七者一物也。"也就是现在的蔓青或叫芜青(芜菁)。

葑有两个读音，分别指两种植物。读 fēng 时，是指蔓青（芜青）；读 fèng 时，是指菰根，即我们通常说的茭白。芜青和菰根都是以食用根茎为主的常见蔬菜。

　　以上三首诗里的"葑"，之所以古今各家众口一致的说是芜青而不是菰根，我想，原因不外有三：（一）从诗句本身来看"采葑采菲，无以下体"（采摘蔓青和萝卜，难道要叶不要根？），说明这种植物是食用根茎；"爰采葑矣，沬之东矣""采葑采葑，首阳之东"说明采葑的地点都不是能生长菰的地方。（二）邶、鄘、唐三国地处今河南东北和山西南部，而河南、山西不产菰；又因邶、鄘、唐三国辖地少湖泽湿地，故无法大面积栽培菰。（三）从所在诗句的平仄发音来看，以上诗句里的"葑"也应该是平声。

　　芜青南北均有种植，叶、茎、块根均可食用。叶、茎可以作蔬菜，也可腌制酱菜，根茎多作腌制酱菜用，高寒山区用以代粮，种子可榨油。芜青还可药用。

　　综上所述，葑指的蔓青或叫芜青（芜菁），本植物的花、种子、根、叶均可入药。

【植物特征】

　　芜菁，二年生草本，块根肉质，球形、扁圆形或长圆形，外皮白色、黄色或红色，内面白色，无辣味。茎直立，有分枝，下部稍有毛，上部无毛。基生叶大头羽裂或为复叶，顶裂片和小叶很大，边缘波状或浅裂，侧裂片或小叶约 5 对，向下渐变小，上面有少数散生的刺毛，下面有白色尖锐刺毛；叶柄，有小裂叶；中部及上部的茎生叶长圆状披针形，带粉霜，基部宽心形至少半抱茎。总状花序顶生；萼片 4 稍开展，长圆形，外侧 2 枚略大，基部略呈囊状；花瓣 4，黄色，倒披针形，有短宽爪；雄蕊 4 长 2 短；雌蕊 1，柱头头状。长角果细圆柱形，具喙。种子球形，褐色或浅棕黄色，表面有细网状纹。花期 3-4 月，果期 5-6 月。

【植物小档案】

芜青			
别名	蔓青、变萝卜、恰玛古	界	植物界
门	被子植物门	纲	双子叶植物纲
亚纲	原始花被亚纲	目	白花菜目
亚目	白花菜亚目	科	十字花科
族	芸苔族	属	芸苔属
种	芜青		

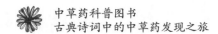

【象思维看中药】

芜菁，块根肉质，球形、扁圆形或长圆形，外皮白色、黄色或红色，内面白色，无辣味，3月间采收，禀受春生之气，入肝经，块根埋于土中，根向下，有下行之气，可入胃经，下气消食，主宿食下气、心腹冷痛。

【药性、功用】

芜菁，辛、甘、苦、温。归胃、肝经。消食下气，解毒消肿。主治宿食不化，心腹冷痛，咳嗽，疔毒痈肿。

【药性典籍】

《别录》："利五脏，轻身益气。"

《千金方》："主消风热毒肿。"

《本草图经》："通中益气，令人肥健。"

《医林纂要》："利水解热，下气宽中。"

【植物小常识】

芜菁，就是我们说的大头菜。芜菁块茎半埋或全埋于土里，外形圆圆的，乍看很像圆萝卜，因为它与萝卜同属十字花科。但芜菁为芸苔属，萝卜为萝卜属，小颗芜菁的肉质硬水分少，成熟后肉质变得松软，萝卜则是脆嫩多汁的。

几乎所有种植芜菁的国家都把大头菜当作笑话讽刺素材，其中大部分是暗示只有农民才会吃大头菜，或者讽刺大头菜对肠胃有"好处"的笑话，在我们的日常说笑里，大头菜还会用来讽刺充大头的人。

【药膳或食疗推荐】

诸葛菜（芜菁），生捣汁饮。治疗鼻中衄血。（《十便良方》）

【拓展天地】 动动脑、练练手

请思考并写出描写该药物的诗句。

莱菔

　　莱菔(《新修本草》),又名萝卜(通称),为十字花科莱菔属莱菔的鲜根,8-10月采挖,洗净,切片,晒干,多鲜用。本植物的成熟种子为莱菔子(《本草衍义补遗》),栽种翌年5-8月,角果充分成熟时采收晒干,打下种子,放干燥处贮藏。本植物的基生叶为莱菔叶(《新修本草》),冬季或早春采收,风干或晒干。本植物开花结实后的老根为地骷髅(《纲目拾遗》),待种子成熟后,连根拔起,剪除地上部分,将根洗净晒干,贮干燥处。

【诗歌鉴赏】

> ### 风·邶风·谷风(节选)
>
> 习习谷风,以阴以雨。黾勉同心,不宜有怒。
>
> 采葑采菲[1],无以下体?德音莫违,及尔同死。

[1] 菲,植物名。

【植物考辨】

　　"菲"是何种植物,没有统一的解释,归纳起来,有以下几种说法:(1)萝卜或芜菁(蔓青)类植物;(2)诸葛菜;(3)土瓜(山土瓜);(4)藤长苗。下面我们分析一下哪一种是《诗经》中的"菲"。

　　郭璞说"菲"是一种野生的"草"(菲草),而不是栽培的菜;陆玑对"采葑采菲,无以下体"的解释也说是一种野菜,因此不可能指的是萝卜或芜菁之类的栽培蔬菜。

　　诸葛菜食用的是茎、叶,根细,未见有食用其根的记载。说"菲"诸葛菜,不符合"采葑采菲,无以下体"之意。

　　藤长苗和山土瓜都符合诗意,也与陆玑的对"菲"的解释大致相符。山土瓜有地下茎块,与葑(蔓青)相类,但山土瓜只分布四川、贵州、云南等,地处河南北、河北、山西等地的邶、鄘、唐国应该不会有产；再者，山土瓜食用的是地下块茎，茎叶似不能食用。而从陆机"三月中蒸鬻为茹，滑美可作羹"来看，应该指的是嫩茎叶；其三，见网上有载《尔雅·释草》，'菲，芴。'郭璞土瓜也。"未查到这句话的出处。

如按陆玑《毛诗草木疏》的解释，《邶风·谷风》里的"菲"应该是指藤长苗。如果撇开古人的解释，那么说"菲"是萝卜最切合诗意。笔者按照"菲"为萝卜意解释。萝卜，又名莱菔，本植物的鲜根、基生叶、成熟种子、开花结实后的老根均可入药。

【植物特征】

莱菔，二年生或一年生草本，原产我国，全国各地均有栽培。直根，肉质，长圆形、球形或圆锥形，外皮绿色、白色或红色。茎有分枝，无毛，稍具粉霜。基生叶和下部茎生叶大头羽状半裂，顶裂片卵形，侧裂有 4-6 对，长圆形，有钝齿，疏生粗毛；上部叶长圆形，有锯齿或近全缘。总状花序顶生或腋生；萼片长圆形；花瓣 4，白色、紫色或粉红色，倒卵形，具紫纹，下部有长 5mm 的爪；雄蕊 6，4 长 2 短；雌蕊 1，子房钻状，柱头柱状。长角圆柱形，在种子间处缢缩，形海绵质横膈，先端有喙长1-1.5mm；种子 1-6 颗，卵形，微扁，长约 3mm，红棕色，并由细网纹。花期 4-5 月，果期 5-6 月。

【植物小档案】

莱菔			
别名	萝卜	界	植物界
门	被子植物门	纲	双子叶植物纲
亚纲	原始花被亚纲	目	罂粟目
亚目	白花菜亚目	科	十字花科
族	芸苔族	属	萝卜属
种	莱菔		

【象思维看中药】

莱菔，味辛性平，《本草经疏》："莱菔子，味辛过于根，以其辛甚，故升降之功亦烈于根也。"辛入肺经。《纲目》："莱菔子之功，长于利气。生能升，熟能降，升则吐风痰，散风寒，发疮疹；降则定痰喘咳嗽，调下痢后重，止内痛，皆是利气之效"。主治食积气滞，脘腹胀满，腹泻，下痢后重，咳嗽多痰，气逆喘满。

【药性、功用】

莱菔子，辛、甘、平。归脾、胃、肺、大肠经。消食导滞，降气化痰。主治食积气滞，脘腹胀满，腹泻，下痢后重，咳嗽多痰，气逆喘满。

【药性典籍】

《滇南本草》："下气宽中，消鼓胀，消痰涎，消宿食，消面积滞，降痰，定吼喘，攻肠胃积滞，治痞块，单腹疼。"

《纲目》："下气定喘，治痰，消食，除胀，利大小便，止气痛，下痢后重，发疮疹。"

《本草经疏》："凡虚弱人忌之。"

《本草正》："中气不足，切忌妄用。"

《饮片新参》："气虚血弱者禁用。"

【植物小常识】

三钱莱菔换红顶，化痰行气消积倾。

寇准三十头发白，咽汁去毒效甚灵。

蜂蜜莱菔降血压，动脉硬化胆石宁。

《冷庐医话》记载：苏州某官之母，偶伤食，且感风寒。医者均在发散药中加入参、术进补，病加重。其内侄探视，问其由，知进补之故，就用莱菔子、大黄、槟榔、厚朴三剂而痊愈。

【药膳或食疗推荐】

1.用白萝卜捣汁一碗，加盐一钱在内，不适漱口即止。治疗牙宣出血。（《简便单方》）

2.大萝卜五个，煮熟，绞取汁，用粳米三合，同水并汁，煮粥食之。治疗消渴，舌焦口干，小便数。（《饮膳正要》）

【拓展天地】 动动脑、练练手

请思考并写出描写该药物的诗句。

苦菜

　　苦菜（《本经》），为菊科苦苣菜属苦苣菜的全草，夏季开花前采收，鲜用或晒干。本植物的根为苦菜根（《纲目》）。

🌿【诗歌鉴赏】

> ### 风·邶风·谷风
>
> 习习谷风，以阴以雨。黾勉同心，不宜有怒。
>
> 采葑采菲，无以下体？德音莫违，及尔同死。
>
> 行道迟迟，中心有违。不远伊迩，薄送我畿。
>
> 谁谓荼[1]苦，其甘如荠。宴尔新婚，如兄如弟。

[1] 荼，植物名。

【植物考辨】

荼：古又名苦，即今之苦苣菜，是菊科，苦苣菜属植物。在全国分布广泛，民间常作为野菜食用，具有悠久的药用食用历史。荼，即苦菜，苦苣菜的全草，苦苣菜的全草及根可入药。

【植物特征】

苦苣菜，一或二年生草本，生于田边、山野、路旁。根纺锤状。叶互生；下部叶柄有翅，基部扩大抱茎，中上部无柄，基部宽大戟耳形，叶柔软无毛，大头状羽状全裂或羽状半裂，顶裂片大或先端裂片与侧生裂片等大，少有不分裂叶，边缘有刺状尖齿。头状花序，顶生，数枚，排列呈伞房状；梗或总苞下部初期有蛛丝状毛，有时有疏腺毛；总苞钟状，暗绿色，总苞片 2-3 列；舌状花黄色，两性结实；雄蕊 5；子房下位，花柱细长，柱头 2 深裂。瘦果，长椭圆状倒卵形，压扁，成熟后红褐色，冠毛白色，毛状，细软。花期 4-6 月。

【植物小档案】

苦苣菜			
别名	滇苦菜、苦荬菜、拒马菜、苦苦菜、滇苦荬菜	界	植物界
门	被子植物门	纲	双子叶植物纲
亚纲	合瓣花亚纲	目	桔梗目
科	菊科	亚科	舌状花亚科
族	菊苣族	属	苦苣菜属
种	苦苣菜		

【象思维看中药】

苦菜，夏季开花前采收，禀春夏生生之阳气，入心、肝经，可凉血止血，治疗各种热性出血证；成旺于夏季，耐热，性寒，可以清热解毒，主治肠炎，痢疾，黄疸、淋证，咽喉肿痛，口疮，痈疮肿毒，乳痈，痔瘘。

【药性、功用】

苦菜，苦、寒，归心、脾、胃、大肠经。清热解毒，凉血止血。主治肠炎，痢疾，黄疸、淋证，咽喉肿痛，口疮，痈疮肿毒，乳痈，痔瘘，虫蛇咬伤，吐血，衄血，咯血，尿血，便血，崩漏。

【药性典籍】

《本经》："主五脏邪气，厌谷，胃痹。久服安心益气，聪察少卧，轻身耐老。"

《别录》："（疗）肠道，渴，热中疾，恶疮。耐饥寒，高气不老。"

《珍珠囊补遗药性赋》："主头疼。痢生腹痛，除痰下气消宿食。"

《随息居饮食谱》："不可共蜜食。"

【药膳或食疗推荐】

苦菜煮汁服之。治暴热身黄，大便闭塞。（《普济方》）

【拓展天地】 动动脑、练练手

请思考并写出描写该药物的诗句。

荠菜

荠菜(《千金方》),为十字花科荠属植物荠菜的全草。3-5月采收,晒干。本植物的种子为荠菜子(《千金方》),6月间果实成熟时,采摘果枝,晒干,揉出种子。本植物的花序为荠菜花(《履巉岩本草》),4-6月采收,晒干。

🌿【诗歌鉴赏】

> ### 风·邶风·谷风
>
> 习习谷风,以阴以雨。黾勉同心,不宜有怒。
>
> 采葑采菲,无以下体?德音莫违,及尔同死。
>
> 行道迟迟,中心有违。不远伊迩,薄送我畿。
>
> 谁谓荼苦,其甘如荠[1]。宴尔新婚,如兄如弟。

[1] 荠,植物名。

🌿【植物考辨】

荠,目前多译注为甜菜或荠菜。

甜菜属二年生草本植物,原产于欧洲西部和南部沿海,从瑞典移植到西班牙,中国主要分布在新疆、黑龙江、内蒙古等地,而《邶风·谷风》为邶地民歌,故地在今河南汤阴县东南。显然与产地不符。荠菜我国南北均产，是南北人都喜食的野菜。李时珍释名说，"荠生济济，故谓之荠。释家取其茎作挑灯杖，可辟蚁、蛾，谓之护生草，云能护众生也。"又因为其味道甘美，所以古人称之为甘菜，本植物的全草、种子、花序均可入药。

【植物特征】

一年或二年生草本，茎直立，有分枝，稍有分枝毛或单毛。基生叶丛生，呈莲座状；叶片大头羽状分裂，长可达 12cm，宽可达 2.5cm，顶生裂片较长，卵形至长卵形，裂片 3-8 对，较小，狭长，呈圆形至卵形，先端渐尖，浅裂或具有不规则粗锯齿；茎生叶狭披针形，基部箭形抱茎，边缘有缺刻或锯齿，两面有细毛或无毛。总状花序顶生或腋生，果期延长达 20cm；萼片长圆形；花瓣白色，匙形或卵形，有短爪。短角果倒卵状三角形或倒心状三角形，宽扁平，无毛，先端稍凹，裂瓣具网脉。种子 2 行，呈椭圆形，浅褐色。花果期 4-6 月。

【植物小档案】

荠			
别名	荠菜、菱角菜、地米菜、芥	界	植物界
门	被子植物门	纲	双子叶植物纲
亚纲	原始花被亚纲	目	罂粟目
亚目	白花菜亚目	科	十字花科
族	独行菜族	属	荠属
种	荠		

【象思维看中药】

荠菜，"三月三，荠菜赛金丹"，多生长于春季，禀少阳之气，入肝经，平肝明目，主治目赤肿痛，由于荠菜花为浅褐色，易入血分，凉血止血，主治吐血、衄血、咯血、尿血等各种血证。

【药性、功用】

荠菜，甘、淡、凉。归肝、脾、膀胱经。凉肝止血，平肝明目，清热利湿。主治吐血，衄血，咯血，尿血，崩漏，目赤疼痛，眼底出血，高血压病，赤白痢疾，肾炎水肿，乳糜尿。

【药性典籍】

《别录》："主利肝气，和中。"

《药性论》："烧灰，能治赤白痢。"

《滇南本草》："清肺热，消痰，治咳嗽，除小肠经邪热，利小便。"

【植物小常识】

据考证，荠菜的发源地便是中国，由于其生性耐寒抗旱、对于土壤养分和光照的需求不高，所以随着人类的迁徙和交流，很快便在全球分布开来。目前，已成为全世界温带地区广布的草本植物。在中国的大江南北，农历二月一到，它的身影便会出现在田间地头、山坡及路旁，成为早春第一个进入大众食谱的"野"菜。

近年来的大量研究表明，荠菜之所以受欢迎，是有科学依据的。它富含维生素 C 和 β 胡萝卜素，具有较高的营养价值。同时含有丰富的钙、磷、铁、钾等无机盐，这也是其味美的主要原因。此外，其富含的荠菜酸，有很好的止血功效。另外，其所含的乙酰胆碱、谷甾醇和季胺化合物不仅可以降低血中及肝中的胆固醇和甘油三酯，还有降低血压的作用。民间一直有"三月三，荠菜赛金丹"的说法。

荠菜中富含草酸，这种化合物在人体内不容易被氧化分解掉，吃得过多还会中毒。所以，吃之前最好沸水下锅，焯水 1-2 分钟，这样既不影响口感，也更加安全。

【药膳或食疗推荐】

1. 荠菜根，捣绞取汁，以点目中。治暴赤眼，疼痛碜涩。（《圣惠方》）

2. 荠菜全草用鸡蛋煮吃。治肺热咳嗽。（《滇南本草》）

3. 荠菜、夏枯草各 60g。水煎服。治高血压病。（《全国中草药汇编》）

【拓展天地】 动动脑、练练手

请思考并写出描写该药物的诗句。

榛子

　　榛子(《日华子》)，为桦木科榛属榛、川榛、毛榛的种仁。秋季果实成熟后及时采摘，晒干后除去总苞及果壳。本植物的雄花为榛子花(《长白山植物药志》)，清明前、后五六日采收，晾干，或加工制成干粉。

【诗歌鉴赏】

> **风·邶风·简兮**
>
> 简兮简兮，方将万舞。日之方中，在前上处。
> 硕人俣俣，公庭万舞。有力如虎，执辔如组。
> 左手执龠，右手秉翟。赫如渥赭，公言锡爵。
> 山有榛[1]，隰有苓。云谁之思？
> 西方美人。彼美人兮，西方之人兮。

[1] 榛，植物名。

【植物考辨】

榛，榛树，落叶乔木，本植物种仁及雄花可入药。

【植物特征】

榛，灌木或小乔木，生于海拔 200-1000m 的山地阴坡灌木丛中。树皮灰色；枝条暗灰色，无毛；小枝黄褐色，密生短柔毛及疏生长绒毛。叶柄长 1-2cm；叶片圆卵形至宽倒卵形，先端凹缺或截形，中央有三角状突尖，基部心形，边缘有不规则重锯齿，中部以上有浅齿，上面几无毛，下面沿脉有短柔毛，侧脉 5-7 对。雄花序 2-7 排成总状，长约 4cm，花药黄色。果实单生或 2-6 簇生；果苞钟形，具细条棱，外面密生短柔毛和刺毛状腺体，上部浅裂，裂片三角形，边缘几全缘；果序梗长约 1.5cm，密生短柔毛。坚果近球形，长 7-15mm，微扁，密被细柔毛，先端密被粗毛。花期 4-5 月，果期 9 月。

【植物小档案】

榛			
界	植物界	门	被子植物门
纲	双子叶植物纲	亚纲	原始花被亚纲
目	山毛榉目	科	桦木科
族	榛族	属	榛属
组	榛组	亚组	榛亚组

【象思维看中药】

榛树的花药黄色并且果期为秋季，黄色入脾，种子性甘，可健脾和胃，进而主治食欲不振、泄泻等；秋季应肺，可入肺经以润肺止咳，同时种仁类含大量油脂，可以润肠通便以宣肺止咳，治疗各类咳嗽。

【药性、功用】

榛子，甘、平，归脾、胃经。健脾和胃，润肺止咳。主治病后体弱，脾虚泄泻，食欲不振，咳嗽。

【药性典籍】

《日华子》："肥白人，止饥，调中，开胃。"

《开宝本草》："益气力，宽胃肠，健行。"

《安徽中草药》："健脾，止咳。"

【植物小考古】

中国榛子的起源

中国是榛子的重要起源地之一。据潘广考证，1971 年，在华北东部中侏罗系海防沟组岩层中发现的被子植物先驱，其中有榛属植物化石。这是一个完整的榛子坚果压缩体的印痕，经鉴定为辽西榛。另据孙湘君等人研究，在云南禄丰玛古猿出土地发现距今 1000 多万年前，有柑属植物生长。地质年代为中新世上部至上新世底部，距今有 1.5 亿年的历史，据推断，其起源时期可能还要早，约在晚古生代。

我国对榛子树果实的采集和利用历史悠久。在陕西半坡村遗址发现榛壳，据考察，栽培榛树和利用榛果已有五六千年历史。

【药膳或食疗推荐】

1. 川榛子果 20g，山楂根 12g，水煎，冲黄酒、红糖，早晚饭前服。治疗胃纳不香。（《天目山药用植物志》）

2. 榛子仁磨成细粉，每服 3g，用陈皮汤服下，每日 3 次。治噤口痢，胃口不开。（《食物中药与便方》）

【拓展天地】 动动脑、练练手

请思考并写出描写该药物的诗句。

甘草

　　甘草(《本经》)为豆科甘草属植物甘草、光果甘草、胀果甘草的根及根茎。8-9月采挖，除去芦头，茎基，须根，截成适当长短的段，晒至半干，打成小捆，再晒至全干。采收甘草时，取出根或根茎中充填有树脂状物的部分，晾干，即为甘草节(《本草蒙筌》)。采收甘草时，切取芦头，晒干，即为甘草头(《纲目》)。采收甘草时，切取支根，晒干，即为甘草梢(《珍珠囊》)。

【诗歌鉴赏】

> ### 风·邶风·简兮
>
> 简兮简兮，方将万舞。日之方中，在前上处。
> 硕人俣俣，公庭万舞。有力如虎，执辔如组。
> 左手执籥，右手秉翟。赫如渥赭，公言锡爵。
> 山有榛，隰有苓 [1]。云谁之思？
> 西方美人。彼美人兮，西方之人兮。

[1] 苓，植物名。

【植物考辨】

《诗经》中有两首诗中写到了"苓"这种植物：《邶风·间兮》"山有榛，隰有苓"，《唐风·采苓》"采苓采苓，首阳之巅"。苓，古今诸家有好多种解释，一说甘草，一说卷耳（繁缕），一说黄药，一说地黄，一说茯苓。

《邶风·间兮》"隰有苓"之"苓"和《唐风·采苓》"采苓采苓，首阳之巅"之"苓"，未见有不同的解释，应该是同一种植物。综合两首诗可知，这个"苓"指代的植物应该既能生长在低湿平坦之地，也可以生长在山顶。

卷耳（繁缕）、地黄只生长在低湿之地或水中，排除；茯苓是寄生于赤松或马尾松等树的树根上的菌类植物，一般不会生于干旱的山顶之上；再者，《唐风·采苓》二、三章的"采苦采苦，首阳之下""采葑采葑，首阳之东"，其中的"苦"、"葑"都是地上生长的菜类，"苓"也应该是一种生长在地上的植物。古籍在解释《邶风·简兮》"隰有苓"和《唐风·采苓》"首阳之巅"之"苓"时，均未有茯苓之说。

黄独多生于河谷边、山谷阴沟或杂木林边缘，有时房前屋后或路旁的树荫下也能生长，符合"隰有苓"之生境，一般不会生于山巅。但据《中国植物志》，黄独只分布河南南部、安徽南部、江苏南部、陕西南部、甘肃南部、四川等地，也就是说诗《邶风·简兮》和《唐风·采苓》的产生地，即今之河南北部及以北的山西、山东及以北的河北均不产。即使有产，也不能说生于山巅。

甘草、洋甘草等常生于干旱沙地、河岸砂质地、山坡草地及盐渍化土壤中，也就是说，甘草即生山地，也生低湿之地。《证类本草》《本草图经》等中药本草书籍在介绍甘草时，都引用了《尔雅·释草》："蘦，大苦。"和"郭璞今甘草也……疏引《诗·唐风》云：采苓采苓，首阳之巅是也"，从产地来看，《邶风·简兮》和《唐风·采苓》的产生地，即今之河南北部、河北南部和山西中南部均产甘草、洋甘草（光果甘草、欧甘草）和圆果甘草。《别录》说"甘草生河西川谷积沙山及上郡"，苏颂说"今陕西、河东州郡（今山西西南部。唐代以后泛指山西）皆有之"，李时珍说"首阳之山在河东蒲县（今雷首山，在山西省永济市南)，与今甘草所生处相近。"《中国植物志》说"产东北、华北、西北各省区及山东"，与古人的说法相符。

综上所述，苓理解为甘草较为妥当，符合原文说法。

【植物特征】

甘草，多年生草本。生于向阳干燥的钙质草原、河岸砂质土等地。根及根茎粗壮，皮红棕色。茎直立，带木质，有白色短毛和刺毛状腺体。奇数羽状复叶，小叶，卵形或宽卵形，先端急尖或钝，基部圆，两面均被短毛或腺体；托叶阔披针形，被白色纤毛。总状花序腋生，花密集；花萼钟状，萼齿5，披针形，外面有短毛和刺毛状腺体；花冠蓝紫色，无毛，旗瓣大，卵圆形，有爪，龙骨瓣直，较翼瓣短，均有长爪；雄蕊二体。荚果条形，呈镰刀状或环状弯曲，外面密被刺毛状腺体。种子4-8，肾形。花期7-8月，果期8-9月。

【植物小档案】

甘草			
别名	甜草根、红甘草、粉甘草、乌拉尔甘草、甜根子、甜草、国老、甘草苗头、甜草苗	界	植物界
门	被子植物门	纲	双子叶植物纲
亚纲	原始花被亚纲	目	蔷薇目
亚目	蔷薇亚目	科	豆科
亚科	蝶形花亚科	族	山羊豆族
亚族	甘草亚族	属	甘草属
组	甘草组	种	甘草

【象思维看中药】

甘草因味甘甜，故名甘草，切面黄白色，表面红棕色，入心、肺、脾胃经，《本草思辨录》："甘草中黄皮赤，确是心脾二经之药，然五脏六腑皆受气于脾，心为一身之宰，甘草味至甘，性至平，故能由心脾以及于他脏，无处不到，无邪不祛。其功能全在于甘，甘则补，甘则缓。凡仲圣方补虚缓急，必以炙用，泻火则生用，虽泻亦兼有缓意。"《医学入门》："甘，甜草也。性缓，能解诸急。热药用之缓其热，寒药用之缓其寒。善和诸药，解百药毒。"甘草生用性偏凉，《本草逢原》："甘草气薄味浓，升降阴阳，大缓诸火。生用则气平，调脾胃虚热，大泻心火，解痈肿金疮诸毒。"能清热解毒，临床用于痈肿疮毒，咽喉肿痛。

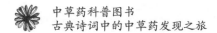
【药性、功用】

甘，平，归脾、胃、心、肺经。和中缓急，润肺，解毒，调和诸药。灸用治脾胃虚弱，倦怠食少，腹痛便溏，四肢挛急疼痛，心悸，脏躁，肺痿咳嗽；生用治咽喉肿痛，痈疮肿毒，小儿胎毒，及药物、食物中毒。

【药性典籍】

《本经》："主五脏六腑寒热邪气，坚筋骨，长肌肉，倍力，金疮肿，解毒。"

《别录》："温中下气，烦满短气，伤脏咳嗽，止渴，通经脉，利血气，解百药毒。"

【植物小趣闻】

甘草包括生甘草和灸甘草，它们对多种病症都具有疗效。甘草中含有甘草甜素、甘草素，具有类似肾上腺皮质激素样作用。国外研究发现，甘草可用于防治艾滋病，能增强机体免疫系统功能。甘草主要产于内蒙古、甘肃、新疆、山西，但它的名声两三千年前已在希腊、罗马传扬。当时，世界上最早的一部法典就记录了甘草的名字，此后，甘草相继被欧美国家列入药典之中。

【药膳或食疗推荐】

甘草一寸（生），黑豆百二十粒。上用新水煮，乘热入滑石末煎，食前服。治婴孩小儿砂石淋。（《幼科证治大全》）

用粉草末，入口嚼烂，搽之甚效。或以粉草煎汁，熬膏搽之尤妙。治诸疮痛不可忍者。（《幼科指南》）

【拓展天地】 动动脑、练练手

请思考并写出描写该药物的诗句。

刺蒺藜

刺蒺藜（《本草衍义》），为蒺藜科蒺藜属植物蒺藜的果实，8-9月果实由绿色变成黄白色，大部分已成熟时，割取全株，晒几天，脱粒，再晒干。本植物的花为蒺藜花（《纲目》），5-7月采收，阴干或烘干。本植物的茎叶为蒺藜苗（《纲目》），5-8月采收，鲜用或晒干。本植物的根为蒺藜根（《纲目》），9-11月挖根，晒干。

【诗歌鉴赏】

风·鄘风·墙有茨

墙有茨[1]，不可扫也。中冓之言，不可道也。所可道也，言之丑也。

墙有茨，不可襄也。中冓之言，不可详也。所可详也，言之长也。

墙有茨，不可束也。中冓之言，不可读也。所可读也，言之辱也。

[1] 茨，植物名。

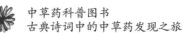
【植物考辨】

茨，蒺藜，又名爬墙草，即刺蒺藜。

【植物特征】

蒺藜，一年生草本，生于荒丘、田边及田间。茎通常由基部分枝，平卧地面，具棱条，长达 1m 左右；全株被绢丝状柔毛。托叶披针形，形小而尖，长约 3mm；叶为偶数羽状复叶，对生，一长一短；小叶对生，长圆形，先端尖或钝，表面无毛或仅沿中脉有丝状毛，背面被以白色伏生的丝状毛。花淡黄色，小型，整齐，单生于短叶的叶腋；花梗长 4-10mm；萼 5，卵状披针形，渐尖，长约 4mm，背面有毛，宿存；花瓣 5，倒卵形，先端略呈截形，与萼片互生；雄蕊 10，着生于花盘基部，基部有鳞片状腺体；子房 5 心皮。果实为离果，五角形或球形，由 5 个呈星状排列的果瓣组成，每个果瓣具长短棘刺各 1 对，背面有短梗毛及瘤状突起。花期 5-8 月，果期 6-9 月。

【植物小档案】

蒺藜			
别名	白蒺藜、名茨、旁通、屈人、止行、休羽、升推。	界	植物界
门	被子植物门	纲	双子叶植物纲
亚纲	蔷薇亚纲	目	牻牛儿苗目
科	蒺藜科	属	蒺藜属
种	蒺藜		

【象思维看中药】

刺蒺藜，常裂为单一的分果瓣，斧状三角形，淡黄绿色，背部隆起，有纵棱及多数小刺，并有对称的长刺和短刺各 1 对，成"八"字形分开。按照洛书方位，八为东北方之数，八（东北）恰为阳气生益之方，而人体肝也为生生之脏，故可入肝经，疏肝解郁，又因肝开窍于目，可以明目，结合刺蒺藜果实为球状，有多纵棱，类似眼球部，长出不平滑的东西，可以治疗目赤翳障等各种眼部疾病。刺蒺藜多为秋季采收果实，故可入肺经，肺主皮毛，可以祛风解表，治疗头痛、风疹瘙痒等表证。

🌿【药性、功用】

刺蒺藜，苦、辛、平。归肝、肺经。平肝，解郁，明目，祛风。主治头痛，眩晕，胸胁胀痛，乳房胀痛，癥瘕，目赤翳障，风疹瘙痒，白癜风，痈疽。

🌿【药性典籍】

《本经》："主恶血，破癥结积聚，喉痹，乳难。久服长肌肉，明目，轻身。"

《别录》："主身体风痒，头痛，咳逆伤肺，肺痿，止烦，下气，小儿头疮，痈肿，阴癀。"

《纲目》："治风秘，及蛔虫心腹痛。"

🌿【植物小常识】

蒺藜的身影出现于很多的军事古籍中，如《六韬·军用》有"狭路微径，张铁蒺藜，芒高四寸，广八寸，长六尺以上，千二百具。"《水浒传》中有"吴用止住，便教军马就此下寨，四面掘了壕堑，下了铁蒺藜。"甚至在《三国演义》中都有"蒺藜"的字眼，"为首乃是番王沙摩柯，生得面如噀血，碧眼突出，使一个铁蒺藜骨朵，腰带两张弓，威风抖擞。"以上古籍中所出现的"铁蒺藜"又和咱们今天要讲的蒺藜有什么关系呢? 铁蒺藜是一种在古代非常常见的作为防御的工具，那为什么叫它"铁蒺藜"呢，最主要的原因就是因为它的形状主要由蒺藜的果实所衍生出来的，人们利用蒺藜容易粘人的特性设计出了铁蒺藜。又因为它主要是由四个用铁做的铁刺构成，所以叫它"铁蒺藜"。这个以蒺藜为原型的武器，在很多次的战役中都发挥了作用。铁蒺藜主要是用来铺在地上用来阻碍敌人军马行进，特别像我们现在特别熟悉的破胎器。除了作为路障，一些少数民族喜欢把铁蒺藜安在带有刺得圆球上，把它当作狼牙棒来使用。

🌿【药膳或食疗推荐】

刺蒺藜二三斤(带刺炒)，为末。每早、午、晚不拘时，白汤作糊调服。治乳胀不行，或乳岩作块作痛。(《本草汇言》)

刺蒺藜花，阴干为末，每服三二钱，饭后以温酒调服。治白癜风。(《本草衍义》)

🌿【拓展天地】 动动脑、练练手

请思考并写出描写该药物的诗句。

松萝

松萝，为松萝科松萝属植物长松萝、环裂松萝的地衣体。6-9月采收，切断，晒干。

【诗歌鉴赏】

风·鄘风·桑中

爰采唐[1]矣？沬之乡矣。

云谁之思？美孟姜矣。

期我乎桑中，要我乎上宫，送我乎淇之上矣。

爰采麦矣？沬之北矣。

云谁之思？美孟弋矣。

期我乎桑中，要我乎上宫，送我乎淇之上矣。

爰采葑矣？沬之东矣。

云谁之思？美孟庸矣。

期我乎桑中，要我乎上宫，送我乎淇之上矣。

[1] 唐：植物名。

【植物考辨】

在诗经中，《鄘风·桑中》"爰采唐矣"中的"唐"和《小雅·頍弁》"茑与女萝"中的"女萝"，现代的《诗经》读本大多解释为是同一种植物，即唐即女萝，女萝就是菟丝子。这种说法虽然有古籍根据，但并不准确。

《本草纲目》："陶弘景曰茑是桑上寄生，松萝是松上寄生。陆佃《埤雅》言：茑是松、柏上寄生，女萝是松上浮蔓。在木为女萝，在草为菟丝。据此诸说，则女萝之为松上蔓，当以二陆罗氏之说为的，其曰菟丝者，误矣。"

古人所说的菟丝子就是今之旋花科菟丝子属植物，是个统称，我国有 8 种。菟丝子属植物是寄生草本，无根。茎缠绕，线形，细者如线（茎约 1mm），粗者茎达 3mm，黄色或红色，不为绿色，借助吸器固着寄主。无叶，或退化成小的鳞片。花小，白色或淡红色。蒴果球形或卵形，小者如米粒，大者如黄豆。

陆玑《毛诗草木疏》和《尔雅翼》说的那种"黄赤如金"或"赤纲色"者，应该指南方菟丝子。南方菟丝子颜色赤黄色，有女萝、松萝之别称。菟丝子和南方菟丝子很相似，不易区分。

根据上述关于"松萝"的描述，可以断定古人说的"松萝"即今之地衣门松萝科植物松萝。松萝又名女萝，俗称松落、树挂、松毛、老君须、松上寄生、云雾草、树胡子等。生于深山的老树枝干或高山岩石上，尤喜其生于阴湿的林中或老针叶树上。枝体基部直径约 3mm，表面淡绿色至淡黄绿，呈悬垂条丝状或帘幕状。

以下为古人对"松萝"的描述：

汉《乐府》诗："南山幕幕菟丝花，北陵青青女萝树。由来花树同一根，今日被风分两处。"《古诗十九首》（南朝）诗"与君为新婚，菟丝附女萝"，李白（唐）诗《古意》"君为女萝草，妾作菟丝花"；乔知之（唐）诗《和李侍郎古意》"南山幂幂兔丝花，北陵青青女萝树"，等说明女萝和菟丝是两种植物。

殷尧藩（唐）诗《赠龙阳尉马戴》"细草沿阶长，高萝出石悬"，李攀龙〔明〕诗《青萝馆》"色借古松成远势，意含幽石有馀姿"等，说明女萝生于石上。生在石上的只能是松萝。

郭璞（晋）诗《翡翠戏兰苕》"绿萝结高枝，朦胧盖一山"，王融（南齐）诗《咏女萝》"幂历女萝草，蔓衍旁松枝。含烟黄且绿，因风卷复垂"，杜甫（唐）诗《万丈潭》"高萝成帷幄，寒木累旌旃"，戴冠（明）诗《女萝篇》"瞻彼女萝，托身乔木。朝兮烟绡，夕兮云蠹。袅袅千尺，下引深谷。斧不可施，斤不可断"，等等。

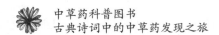

综上，这些有关女萝形态的描写，也证明女萝只能是松萝。

【植物特征】

长松萝，地衣体大型，生于树干和树枝上。长 20-40cm，有时长可达 1m 以上，丝状悬垂，主枝及初级分枝极短，二级分枝柔软而细长，其上密生垂直的小枝，无三级分枝。表面灰绿色，草绿色，老枝灰黄绿色。主枝具有皮层，二级分枝缺乏皮层。

【植物小档案】

松萝				
别名	女萝、松上寄生、树挂、海风藤、云雾草、老君须、树胡子	界	植物界	
门	地衣门	纲	子囊衣纲	
科	松萝科	属	松萝属	
种	松萝			

【象思维看中药】

松萝，寄生他物，缠绕而上，主枝及分枝均为绿色，青入肝，入肝经，松萝为秋季采收全草，禀秋气收敛之气，可止血、止带等，治疗血证、白带等。由于寄生于他物，类似浮于别的物体，质地相对较轻，具有透邪作用，可治疗表证，外感头痛，感邪所致咳嗽，咯痰等。

【药性、功用】

松萝，苦、甘、平，祛痰、清肝，解毒，止血。主治咳嗽痰多，肺痨，痰疟，头痛，目赤，痈肿疮毒，乳痛，外伤出血，白带，风湿痹痛。

【药性典籍】

《本经》："主瞋怒邪气，止虚汗，头风，女子阴寒肿痛。"

《别录》："疗痰热温疟，可为吐汤，利水道。"

《纲目》："平肝邪，去寒热。"

【植物小趣闻】

植物中的环境监测员——松萝

松萝是地球上最古老的生物之一，它喜欢多湿多雾、阳光充足的环境，作为一种山林植物，即使在露天的环境下，经历一年四季的风吹日晒，松萝依旧可以蓬勃健康地生长。

松萝属于地衣的一种，地衣的生长非常缓慢，平均年生长不足 1cm。松萝已经属于地衣中生长速度的领头羊选手，但每年也只能长 2cm 左右。生长缓慢的松萝，主要依靠营养繁殖。一些园艺爱好者，会在松萝已垂长得蓬松又茂密时，利用植物体断裂来产生新的个体。

松萝虽然具有超高的耐寒及耐旱性，但它却对空气有着严格的要求，只有空气新鲜，它才能安然生长，若大气受到污染，是无法存活的，因此也被称为特殊的"环境污染指标"，这也是为什么我们很难在空气质量差的城市看到松萝的原因。因为松萝类的地衣没有根、茎、叶，相较高等植物，它们对环境的变化更为敏感。科学家们通过分析地衣体内的污染物及其含量，就可以对周围环境进行定量监测，这种研究就是建立在地衣能吸收重金属，同时对二氧化硫、氟等污染物极度敏感的基础上的。一旦周围环境被污染，地衣能迅速作出反应甚至死亡。

【药膳或食疗推荐】

松萝 9g，苦丁茶 6g，夏枯草 9g，水煎服。降血压。(《青海常用中草药手册》)

【拓展天地】 动动脑、练练手

请思考并写出描写该药物的诗句。

桑椹子

桑椹子（《新修本草》），为桑科桑属植物桑的干燥果穗，5-6月当桑的果穗变红色时采收，晒干或蒸后晒干。本植物的果穗同药曲酿成的酒为桑椹酒（《纲目》），4-6月采摘红色桑椹，加药曲如常法酿酒即成。本植物的叶为桑叶（《本经》），10-12月霜降后采收，除去杂质，晾干。本植物的嫩枝为桑枝（《本草图经》），5-6月采收，略晒，趁新鲜时切成 30-60cm 的段和斜片，晒干。本植物的根为桑根（《南京民间药草》），7-10月挖取，除去须根，鲜用或晒干。本植物的干燥根皮为桑白皮（《药性论》），春秋季挖取根部，南方各地冬季也可挖取，趁鲜时刮去黄棕色粗皮，用刀纵向剖开皮部，以木槌轻击，使皮部与木部分离，除去木心，晒干。本植物的鲜叶的汁为桑叶汁（《别录》），将桑叶摘下，滴取桑叶白色乳汁于容器中，鲜用。

【诗歌鉴赏】

风·鄘风·桑中

爰采唐矣？沫之乡矣。

云谁之思？美孟姜矣。

期我乎桑[1]中，要我乎上宫，送我乎淇之上矣。

爰采麦矣？沫之北矣。

云谁之思？美孟弋矣。

期我乎桑中，要我乎上宫，送我乎淇之上矣。

爰采葑矣？沫之东矣。

云谁之思？美孟庸矣。

期我乎桑中，要我乎上宫，送我乎淇之上矣。

[1] 桑，植物名。

【植物考辨】

参考《中药大辞典》，桑指桑树，本植物的叶、果穗、根、根皮均可入药。

【植物特征】

桑，又名桑椹树，落叶灌木或小乔木，生于丘陵、山坡、村旁、田野等处。树皮灰白色，有条状浅裂；根皮黄棕色或红黄色，纤维性强。单叶互生；叶片卵形或宽卵形，先端锐尖或渐尖，基部圆形或近心形，边缘有粗锯齿或圆齿，有时有不规则的分裂，上面无毛，有光泽，下面脉上有短毛，腋间有毛，基出脉 3 条与细脉交织成网状，背面较明显；托叶披针形，早落。花单性，雌雄异株；雌、雄花序排列成穗状荑黄花序，腋生；雌花序长 1-2cm，被毛，总花梗长 5-10mm；雄花序长 1-2.5cm，下垂，略被细毛；雄花具花被片 4，雄蕊 4，中央有不育的雌蕊；雌蕊具花被片 4，基部合生，柱头 2 裂。瘦果，多数密集成一卵圆形或长圆形的聚合果，长 1-2.5cm，初时绿色，成熟后变成肉质、黑紫色或红色，种子小。花期 4-5 月，果期 5-6 月。

【植物小档案】

桑			
别名	桑树	界	植物界
门	被子植物门	纲	双子叶植物纲
亚纲	原始花被亚纲	目	荨麻目
科	桑科	亚科	桑亚科
族	桑族	属	桑属
种	桑		

【象思维看中药】

桑椹子，黑紫色或红色，黑入肾，又为果实，宜滋肾精，属于果实，宜润肠通便。

【药性、功用】

桑椹子，甘、酸、寒。归肝、肾经。滋阴养血，生津，润肠。主治肝肾不足和血虚精亏的头晕目眩，耳鸣，须发早白，失眠，消渴，腰酸，肠燥便秘。

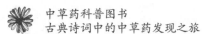
🌿【药性典籍】

《新修本草》："单食，主消渴。"

《本草拾遗》："利五脏关节，通血气。""久服不饥。"

《随息居饮食谱》："滋肝肾，充血液，祛风湿，健步履，息虚风，清虚火。"

🌿【植物小趣闻】

二十四孝故事

蔡顺丧父，世乱岁荒。

拾椹奉母，赤黑分筐。

汉蔡顺、少孤。事母孝。遭王莽乱。拾桑椹，盛以异器。赤眉贼问其故。顺曰："黑者奉母，赤者自食。"贼悯之，赠牛米不受。母丧，未及葬，里中灾，火逼其舍。顺抱枢号哭，火遂越烧他室。母生平畏雷，每雷震，顺必圜冢泣呼。

姜书鉴曰，人子于丁艰之际。躬当大事。处常且难。不幸遇卒变。惟有出万死一生之计耳。君仲母枢逼于火。抱而号哭。辟患不为。非天性激发乎。至诚感神。火越他宅。所全者大。拾椹犹其余事耳。

🌿【药膳或食疗推荐】

捣黑椹取汁，每服一中盏，日三服。治头赤秃。(《圣惠方》)

🌿【拓展天地】 动动脑、练练手

请思考并写出描写该药物的诗句。

小麦

小麦（《别录》），为禾本科小麦属植物小麦的种子或其面粉，成熟时采收，脱粒晒干，或机制面粉。本植物的嫩茎叶为小麦苗（《本草拾遗》），种子磨取面粉后筛下的种皮为小麦麸（《本草拾遗》）。本植物的干瘪轻浮的颖果为浮小麦（《本草蒙荃》）。

【诗歌鉴赏】

风·鄘风·桑中

爰采唐矣？沬之乡矣。

云谁之思？美孟姜矣。

期我乎桑中，要我乎上宫，送我乎淇之上矣。

爰采麦[1]矣？沬之北矣。

云谁之思？美孟弋矣。

期我乎桑中，要我乎上宫，送我乎淇之上矣。

爰采葑矣？沬之东矣。

云谁之思？美孟庸矣。

期我乎桑中，要我乎上宫，送我乎淇之上矣。

[1] 麦，小麦。

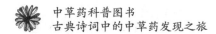

【植物考辨】

麦，禾本科植物的一类，五谷的一种，分为小麦、大麦、燕麦和荞麦等种类。笔者以小麦为例作以解释。

【植物特征】

小麦，一年生或越年生草本，秆直立，通常 6-9 节。叶鞘光滑，常较节间为短；叶舌膜质，短小；叶片扁平，长披针形，先端渐尖，基部方圆形。穗状花序直立，小穗两侧扁平，在穗轴上平行排列或近于平行，每小穗具 3-9 花，仅下部的花结实；颖短，第一颖较第二颖宽，两者背面均具有锐利的脊，有时延伸成芒；外稃膜质，微裂成 3 齿状，中央的齿常延伸成芒；内稃与外稃等长或略短，脊上具鳞毛状的窄翼；雄蕊 3；子房卵形。颖果长圆形或近卵形，长约 6mm，浅褐色。花期 4-5 月，果期 5-6 月。

【植物小档案】

小麦				
别名	麸麦、浮麦、浮小麦、空空麦、麦子软粒、麦	界	植物界	
门	被子植物门	亚门	被子植物亚门	
纲	单子叶植物纲	目	禾本目	
科	禾本科	亚科	早熟禾亚科	
族	小麦族	属	小麦属	
种	普通小麦			

【象思维看中药】

小麦，为小麦的种子，成熟时为黄色和浅褐色，黄色入脾，可以健脾和胃，补虚，实人肤体。小麦收成后，需要反复的晾晒，水分蒸干后，方可贮存，结合干瘪轻浮的颖果为浮小麦，干瘪就意味着收敛，故可敛血、敛汗，治疗汗证、痢疾、出血等。

【药性、功用】

甘、微寒。归心、脾经。养心，除热，止渴，敛汗。主治脏躁，烦热，虚汗，消渴，泄利，痈肿，外伤出血，烫伤。

【药性典籍】

《别录》："主除热，止燥渴咽干，利小便，养肝气，止漏血，唾血。面消谷止痢。"

《本草拾遗》："小麦面，补虚，实人肤体，厚肠胃，强气力。"

【植物小常识】

小麦的起源

从广义上讲，麦是麦类的总称，有大麦、小麦、荞麦、燕麦等，其中以小麦种植面积最多，食用最广泛，故人们称麦，多数指的是小麦。

小麦最早的称呼叫"来"，繁体字为來。來似麦穗，后来又在來字下面加夂，像是麦的根，这才出现繁体字麥。明代李时珍在《本草纲目》中说："许氏说文云：天降瑞麦，一来二麰，像芒刺之形，天所来也。如足行来，故麥字从来从夂。夂音绥，足行也。诗云，贻我来牟是矣。"据《汉字拾趣》解释，来牟是麦的拆音字。所谓拆音，就是把麦字的字音，拆开来读；也可以把来牟两字读快点，就能读出麦字的字音来。由此，来牟又成为古代对小麦的另一称谓。

按照考古学家在中亚许多地方发掘的小麦遗存推论，小麦是新石器时代的人类对其野生祖先驯化的产物，栽培历史已有 1 万年以上。其后，从西亚、近东一带传入欧洲和非洲，并东向印度、阿富汗、中国等地传播。《中国农业百科全书·农作物传》记载说：早在公元前 7000—公元前 6000 年，在土耳其、伊朗、巴勒斯坦、伊拉克、叙利亚、以色列就已广泛栽培小麦；公元前 6000 年在巴基斯坦，公元前 6000—公元前 5000 年在欧洲的希腊和西班牙，公元前 5000—公元前 4000 年在苏联的外高加索和土库曼，公元前 4000 年在非洲的埃及，公元前 3000 年在印度，公元前 2000 年在中国，都已先后种植小麦。

【药膳或食疗推荐】

小麦炒黑为度，研为末，腻粉减半，油调涂之。治汤火伤未成疮者。（《经验方》）

白面半斤，炒令黄色，醋煮为糊，涂于乳上。治疗妇人乳痈不消。（《圣惠方》）

【拓展天地】 动动脑、练练手

请思考并写出描写该药物的诗句。

栗子

　　栗子(《千金方》),为壳斗科栗属植物板栗的种仁,总苞由青色转黄色,微裂时采收,放冷凉处散热,搭棚遮阳,棚四周夹墙,地面铺河砂,堆栗高30cm,覆盖湿砂,经常洒水保湿。10月下旬至11月入窖贮藏;或剥出种子,晒干。叶为栗叶。花或花序为栗花。外果皮为栗壳。内果皮为栗莸。总苞为栗毛球。树皮为栗树皮。树根或根皮为栗树根。

【诗歌鉴赏】

风·鄘风·定之方中

定之方中,作于楚宫。

揆之以日,作于楚室。

树之榛栗[1],椅桐梓漆,爰伐琴瑟。

升彼虚矣,以望楚矣。

望楚与堂,景山与京。

降观于桑。卜云其吉,终焉允臧。

灵雨既零,命彼倌人。

星言夙驾,说于桑田。

匪直也人,秉心塞渊。騋牝三千。

[1] 栗,植物名。

【植物考辨】

　　栗,在《诗经》中共有四处。《中国植物志》说未见野生,仅见栽培。其栽培历史记载最早见于《诗经》一书。"树之榛栗,椅桐梓漆"(《鄘·定之方中》),"东门之栗,

有践家室"(《郑·东门之墠》),"山有漆, 隰有栗"(《唐·山有枢》),"阪有漆, 隰有栗"
(《秦·车临》),"山有嘉卉, 侯栗侯梅"(《小雅·四月》)等中的"栗",说都是这种栗树。
本植物的种子、叶、花或花序、外果皮、内果皮、总苞、树皮、树根或根皮均可入药,
本节以栗子为例作以讲解。

【植物特征】

栗, 乔木, 高 15-20m, 常栽培于海拔 100-2500m 的低山丘陵、缓坡及河滩等地
带。树皮深灰色, 不规则深纵裂。枝条灰褐色, 有纵沟, 皮上有许多黄灰色的圆形皮
孔, 幼枝被灰褐色绒毛。冬芽短, 阔卵形, 被茸毛。单叶互生; 叶被细绒毛或近无毛;
叶片椭圆形或长椭圆状披针形, 先端尖或短尖, 基部圆形或宽楔形, 两侧不相等, 叶
缘有锯齿, 齿端具芒状尖头, 上面深绿色, 有光泽。花单性, 雌雄同株; 雄花序穗状,
生于新枝下部的叶腋, 被绒毛, 淡黄褐色, 雄花生于花序上、中部, 雌花无梗, 常生
于雄花下部, 外有壳斗状花苞, 2-3 朵生于总苞内; 子房下位, 花柱下部被毛。壳斗
连刺直径 4-6.5cm, 密被紧贴星状柔毛, 刺密生, 每壳斗有 2-3 坚果, 成熟时裂为 4 瓣;
坚果深褐色, 顶端被绒毛。花期 4-6 月, 果期 9-10 月。

【植物小档案】

栗				
别名	板栗、栗子、毛栗、油栗	界	植物界	
门	被子植物门	纲	双子叶植物纲	
亚纲	原始花被亚纲	目	山毛榉目	
科	壳斗科	属	栗属	
种	栗			

【象思维看中药】

栗子, 果实类, 形如肾形, 果肉为黄色, 可补脾以益气, 治疗脾虚等症, 可补肾以
强筋, 治疗腰膝酸软等; 坚果为深褐色, 入血分, 可活血补血, 治疗各种出血症。

【药性、功用】

甘、微咸, 平。归脾、肾经。益气健脾, 补肾强筋, 活血止血。主治脾虚泄泻,

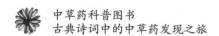
反胃呕吐，脚膝酸软，跌打肿痛，吐血、便血。

【药性典籍】

《别录》："主益气，厚肠胃，补肾气，令人耐饥。"
《千金方》："生食之，甚治腰脚不遂。"

【植物小常识】

栗子入药始于南朝，最小者为茅栗，最大者为板栗，圆如弹，皮厚。味如胡桃者为石栗。华夏是栗的故乡，陕西半坡遗址中有栗子，祖先食栗有 6000 年历史，以兖州、宣州所产为最好。

西汉史学家司马迁的《史记》记载：春秋帝王曾大力嘉奖，凡栽栗树千株以上者，竟以千户侯相待。可见，古人早就知道栗子对人体有保健强体的作用。

宋代苏东坡晚年腰腿痛，他懂医，且重视食疗，于是他养成暮年食栗习惯。每天早晚将栗放在嘴里嚼出白浆，然后分几次慢慢吞咽入腹，久而久之，其病自愈，有诗为证：

老去自添腰脚病，山翁服栗旧传方。
客来为说晨兴晚，三咽徐收白玉浆。
南宋陆游晚年有齿根浮动之症，他深谙医道，知属肾虚所致，晚食栗调治。
有诗云：
齿根浮动叹吾衰，山栗炮燔疗夜饥。
唤起少年京辇梦，和宁门外早朝来。

【药膳或食疗推荐】

板栗及棕树根各 30g，水煎服。治牙床红肿。（《湖北中草药志》）

【拓展天地】 动动脑、练练手

请思考并写出描写该药物的诗句。

梧桐子

梧桐子（《本草经集注》），为梧桐科梧桐属梧桐的种子。10-11月种子成熟时将果枝采下，打落种子，晒干。叶为梧桐叶（《纲目》），7-10月采集，随采随用，或晒干。树皮为梧桐白皮（《本草图经》），全年可采，剥取韧皮部，晒干。根为梧桐根（《福建民间草药》），全年可采挖，切片，鲜用或晒干。花为梧桐花（《纲目拾遗》），6月采收，晒干。

【诗歌鉴赏】

> **风·鄘风·定之方中**
>
> 定之方中，作于楚宫。
>
> 揆之以日，作于楚室。
>
> 树之榛栗，椅桐[1]梓漆，爰伐琴瑟。
>
> 升彼虚矣，以望楚矣。
>
> 望楚与堂，景山与京。
>
> 降观于桑。卜云其吉，终焉允臧。
>
> 灵雨既零，命彼倌人。
>
> 星言夙驾，说于桑田。
>
> 匪直也人，秉心塞渊。騋牝三千。

[1] 桐，植物名。

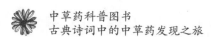

【植物考辨】

桐，古今学者认识较为统一，即现在落叶乔木梧桐。

【植物特征】

梧桐，落叶乔木，树皮青绿色，平滑。单叶互生，叶片心形，掌状 3-5 裂，裂片三角形，先端渐尖，基部心形；基生脉 7 条。圆锥花序顶生，花单性或杂性，淡黄绿色；雄花由 10-15 枚雄蕊合生，花丝合成圆柱体；雌花常有退化雄蕊围生子房基部，子房由 5 心皮联合，部分离生，花柱长，柱头 5 裂。蓇葖果 5，纸质，有柄，成熟时裂开。种子 4-5，球形，干时表面多皱纹，着生于叶状果瓣的边缘。花期 6-7 月，果熟期 10-11 月。

【植物小档案】

梧桐				
别名	青桐、桐麻、碧梧、中国梧桐	界	植物界	
门	被子植物门	纲	双子叶植物纲	
亚纲	蔷薇亚纲（被子植物分类系统）、原始花被亚纲（恩格勒系统）、五桠果亚纲（克朗奎斯特分类法）	超目	蔷薇超目	
目	锦葵目	亚目	锦葵亚目	
科	锦葵科（被子植物分类系统）、梧桐科（恩格勒系统、克朗奎斯特分类法）	属	梧桐属	
种	梧桐			

【象思维看中药】

梧桐，叶片心形，可入心经，清心养心；花为淡黄绿色，黄入脾，性甘，可健脾益脾，种仁，藏植物之精，似人体之肾，藏精，可固肾纳气，治疗哮喘，须发早白。

【药性、功用】

梧桐子，甘平，归脾、肺、肾经。健脾消食，益肺固肾，止血。主治伤食腹痛腹泻，哮喘，疝气，须发早白，鼻衄。

【药性典籍】

《食物考》:"清心益肺,解热利咽,舒脾开胃。"

《本草求原》:"熟食开胃醒脾。"

【植物小常识】

与梧桐有关的诗句

"无言独上西楼,月如钩。寂寞梧桐深院锁清秋。"——李煜《相见欢》

"人烟寒橘柚,秋色老梧桐。"——李白《秋登宣城谢朓北楼》

"庭前落尽梧桐,水边开彻芙蓉。"——朱庭玉《天净沙·秋》

"寒日萧萧上琐窗,梧桐应恨夜来霜。"——李清照《鹧鸪天·寒日萧萧上琐窗》

"春风桃李花开日,秋雨梧桐叶落时。"——白居易《长恨歌》

"一声梧叶一声秋,一点芭蕉一点愁。"——徐再思《水仙子·夜雨》

【药膳或食疗推荐】

梧桐子炒香,剥壳食之。治疝气。(《贵州省中医经验秘方》)

【拓展天地】 动动脑、练练手

请思考并写出描写该药物的诗句。

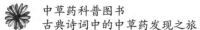

生漆（漆树）

　　生漆（《本经》），为漆树科漆树属植物漆树的树脂。4-5月采收，划破树皮，收取溢出的脂液，贮存。根为漆树根（《闽南民间草药》），树皮或根皮为漆树皮（《陆川本草》），心材为漆树木心（《陆川本草》），叶为漆叶（《本草图经》），种子为漆子（《纲目》），树脂经加工后的干燥品为干漆（《本经》）。

【诗歌鉴赏】

> ### 风·鄘风·定之方中
>
> 定之方中，作于楚宫。
>
> 揆之以日，作于楚室。
>
> 树之榛栗，椅桐梓漆 [1]，爰伐琴瑟。
>
> 升彼虚矣，以望楚矣。
>
> 望楚与堂，景山与京。
>
> 降观于桑。卜云其吉，终焉允臧。
>
> 灵雨既零，命彼倌人。
>
> 星言夙驾，说于桑田。
>
> 匪直也人，秉心塞渊。騋牝三千。

[1] 漆，植物名。

🌿【植物考辨】

漆，漆树。

🌿【植物特征】

漆树，落叶乔木，生于海拔 800-2800m 的向阳山坡林内。树皮灰白色，粗糙，由不规则纵裂，小枝粗壮，被棕色柔毛。奇数羽状复叶，互生，叶柄长 7-14cm，近基部膨大，半圆形；小叶 4-6 对，小叶片卵形、卵状椭圆形或长圆形，先端尖或急尖，基部偏斜，圆形或阔楔形，全缘，上面无毛或中脉被微毛，下面初有细毛，老时沿脉密被淡褐色柔毛；膜质至薄纸质。圆锥花序长 15-30cm，被灰黄色微柔毛；花杂性或雌雄异株，花黄绿色；雄花花萼 5，长卵形，花瓣 5，长圆形，开花外卷，雄蕊 5，着生于花盘边缘，花丝线形，花药长圆形；雌花雄花较小，子房球形，1 室，花柱 3，果序稍下垂，核果肾形或椭圆形，外果皮黄色。花期 5-6 月，果期 7-10 月。

🌿【植物小档案】

漆				
别名	瞎妮子、楂苜、山漆、小木漆、大木漆、干漆、漆树	界	植物界	
门	被子植物门	纲	双子叶植物纲	
亚纲	原始花被亚纲	目	无患子目	
亚目	漆树亚目	科	漆树科	
族	漆树族	属	漆树属	
种	漆			

🌿【象思维看中药】

漆树，落叶乔木，生长于向阳山坡，树皮灰白色，不规则纵裂，干漆为漆树树脂加工后干燥品，故干漆依据中医文化，属于阳性物质，属动，结合树皮有不规则纵裂，纵裂如同人体血脉，可以祛瘀活血行血，兼顾杀虫。

🌿【药性、功用】

杀虫。主治虫积，水蛊。

【药性典籍】

《本经》:"去长虫,久服轻身耐老。"

《本草逢原》:"用真漆涂鲮鲤甲煅入药,破血最捷。"

【植物小趣闻】

漆树 "咬人"

漆树又被叫作"咬人树",出去尤其在野外一定要注意不要碰漆树,否则"被咬"之后轻则出红疹肿痛难受,重则有性命之忧。那是因为漆树含有的漆酚,大部分人都对漆酚过敏,只有少部分特殊人群才没有过敏反应(说到这儿您可以联想同为漆树科的芒果,也有很多人会产生过敏反应)。如果碰到漆树,产生过敏反应,建议及时就医!尽快服用抗过敏药物!

【药膳或食疗推荐】

喉痹。用干漆烧烟。以筒吸烟入喉。(《本草纲目》)

【拓展天地】 动动脑、练练手

请思考并写出描写该药物的诗句。

梓白皮

梓白皮(《本经》),为紫葳科梓树属植物梓的根皮或树皮的韧皮部。5-7月采挖,将皮剥下,晒干。叶为梓叶(《本经》),果实为梓实(《现代实用中药》),木材为梓木(《握灵本草》)。

【诗歌鉴赏】

风·鄘风·定之方中

定之方中,作于楚宫。

揆之以日,作于楚室。

树之榛栗,椅桐梓[1]漆,爰伐琴瑟。

升彼虚矣,以望楚矣。

望楚与堂,景山与京。

降观于桑。卜云其吉,终焉允臧。

灵雨既零,命彼倌人。

星言夙驾,说于桑田。

匪直也人,秉心塞渊。騋牝三千。

[1] 梓,梓树。

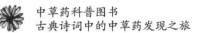

【植物考辨】

梓，乔木类，梓树。

【植物特征】

梓，乔木，生于低山谷，湿润土壤。树皮灰褐色，纵裂；幼枝常带紫色，被稀疏柔毛。叶对生或近于对生，有时轮生；叶柄长 6-18cm；叶片阔卵形，先端渐尖，基部心形，全缘或浅波状，微被柔毛或近无毛，侧脉 4-6 对，基部掌状脉 5-7 条。顶生圆锥花序；花萼 2 唇开裂，绿色或紫色；花冠钟状，淡黄色；能育雄蕊 2，花丝插生于花冠筒上，退化雄蕊 3；子房上位，棒状，柱头 2 裂。蒴果线形，下垂。种子长椭圆形。花期 5-6 月，果期 7-8 月。

【植物小档案】

梓				
别名	梓树、花楸、水桐、河楸、臭梧桐、黄花楸等	界	植物界
门	被子植物门	纲	双子叶植物纲
亚纲	合瓣花亚纲	目	管状花目
科	紫葳科	族	硬骨凌霄族
属	梓属	种	梓

【象思维看中药】

梓，生于低山谷，湿润土壤，花期 5-6 月，果期 7-8 月，耐湿热性较强，可清热利湿；花冠钟状，淡黄色，入脾胃经，梓白皮为根皮或树皮，根易下生，具有向下的作用，可以降逆止呕，治疗呕逆。

【药性、功用】

梓白皮，苦、寒，归胆、胃经。清热利湿，降逆止呕，杀虫止痒。主治湿热黄疸，胃逆呕吐，疮疥，湿疹，皮肤瘙痒。

【药性典籍】

《本经》："主热，去三虫。"

《别录》："疗目中疾。""主吐逆胃反，去三虫，小儿热疮，身头热烦，蚀疮，汤浴之并封薄，散敷。"

【药膳或食疗推荐】

梓根皮、垂柳根各等量。研末，麻油调涂患处。治疗疮。（《福建药物志》）

【拓展天地】 动动脑、练练手

请思考并写出描写该药物的诗句。

川贝母

川贝母（《滇南本草》），为百合科贝母属植物川贝母的鳞茎。

【诗歌鉴赏】

风·鄘风·载驰

载驰载驱，归唁卫侯。

驱马悠悠，言至于漕。

大夫跋涉，我心则忧。

既不我嘉，不能旋反。

视而不臧，我思不远。

既不我嘉，不能旋济。

视而不臧，我思不閟。

陟彼阿丘，言采其蝱[1]。

女子善怀，亦各有行。

许人尤之，众稚且狂。

我行其野，芃芃其麦。

控于大邦，谁因谁极？

大夫君子，无我有尤。

百尔所思，不如我所之。

[1] 蝱，植物名。

【植物考辨】

蝱，即贝母草。

【植物特征】

贝母，多年生草本，植物形态变化较大。鳞茎卵圆形，由 2 枚鳞片组成，直径 1-1.5cm。叶通常对生，少数在中部兼由散生或轮生；叶片条形至条状披针形，先端稍卷曲或不卷曲。花单生茎顶，紫色至黄绿色，通常有小方格，少数仅有斑点或条纹；每花有 3 枚叶状苞片；花被片 6，长 3-4cm，外轮 3 片，宽 1-1.4cm，内轮 3 片近倒卵形或椭圆状倒卵形，宽可达 1.8cm；蜜腺窝在背面明显凸出；雄蕊长约花被片的 3/5，花药近基着生，花丝多少具小乳突；柱头裂片长 3-5mm。蒴果棱上具宽 1-1.5mm 的窄翅。花期 5-7 月，果期 8-10 月。

【植物小档案】

贝母			
别名	川贝、勤母、苦菜、苦花、空草、药实、贝母属	界	植物界
门	被子植物门	纲	单子叶植物纲
亚纲	百合亚纲	目	百合目
亚目	百合亚目	科	百合科
族	百合族	属	贝母属

【象思维看中药】

川贝母好生于湿地，湿属阴而润，禀赋地表之阴气，故性寒凉而质润。其色白而入肺，故可清热润肺；川贝母形若"怀中抱月"，内有心芽，且有棕色斑点等性状特征，与其兼入心经有关；而其球形块茎，质地坚实，边缘呈凹凸不平的结节状，显为"攻坚散结"之象。

【药性、功用】

甘、苦，微寒。归肺、心经。止咳化痰，润肺散结。主治肺虚久咳，虚劳咳嗽，燥热咳嗽，肺痈，瘰疬，痈肿，乳痈。

【药性典籍】

《本经》："主伤寒烦热，淋沥邪气，疝瘕，喉痹，乳难，金疮，风痉。"

《别录》："疗腹中结实，心下满，洗洗恶风寒，目眩，项直，咳嗽上气，止烦热渴，出汗，安五脏，利骨髓。"

【植物小常识】

贝母之原名——莔

在历史上，贝母最原始的名字长得可复杂了。"贝母"最早以"莔"之名记载于春秋时期的《诗经·鄘风·载驰》中，"陟彼阿丘，言采其莔。女子善怀，亦各有行。"这里的"莔"指的就是贝母。在同个时期，贝母还被叫作"蝱""贝义""药实""商草"等。不过后来，正如陶弘景说的"形如聚贝子，故名贝母。"这里的"贝子"，也叫作贝齿，在《本草纲目》中称为"小白贝"。"贝母"这个名字，正是因为这种呈类圆锥形的植物，外层的鳞叶相对着抱合，看上去就像聚合在一起的小白贝。入药，从春秋战国就开始了。有关贝母的药用功效广泛记载在各类古代文献中。关于它的药用记载可以追溯到春秋战国时期的阜阳汉简《万物》。在《万物》中记载："贝母已寒热。"生活在先秦时期的陆玑在《诗疏》中写道，"莔，今药草贝母也，其叶如栝楼而细小，其子在根下如芋子，正白，四方连累相著，有分解。今近道出者正类此。"这说明，在当时贝母能够治疗郁结的功效，就已经被智慧的中华儿女发觉并加以利用了。

【药膳或食疗推荐】

贝母（去心，为末）半钱，水五分，蜜少许，煎三沸，缴净抹之，日四五度。治小儿鹅口，满口白烂。（《圣惠方》）

【拓展天地】 动动脑、练练手

请思考并写出描写该药物的诗句。

竹茹（竹叶）

　　竹茹（《本草经集注》），为禾本科毛竹属植物淡竹属植物青竿竹、慈竹属植物大头典竹等的茎秆去外皮刮出的中间层。叶为竹叶。卷而未放的幼叶为竹卷心。嫩苗为淡竹笋。根茎为淡竹根，茎经火烤后所流出的液汁为竹沥，枯死的幼竹茎秆为仙人杖。

【诗歌鉴赏】

风·卫风·淇奥

瞻彼淇奥，绿竹[1]猗猗。

有匪君子，如切如磋，如琢如磨，

瑟兮僩兮，赫兮咺兮。

有匪君子，终不可谖兮。

瞻彼淇奥，绿竹青青。

有匪君子，充耳璓莹，会弁如星。

瑟兮僩兮，赫兮咺兮。

有匪君子，终不可谖兮。

瞻彼淇奥，绿竹如箦。

有匪君子，如金如锡，如圭如璧。

宽兮绰兮，猗重较兮。

善戏谑兮，不为虐兮。

[1] 竹，植物名。

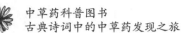

【植物考辨】

竹，乔木，可视为淡竹。

【植物特征】

淡竹，植株木质化，呈乔木状。竿高 6-18m，粗可达 5-7cm，节间长可达 40cm，壁薄，厚仅约 3mm；成长后仍为绿色，或老时为灰绿色，竿环与箨环均稍隆起，箨舌暗紫褐色，箨片线状披针形或带状，叶耳及鞘口繸毛均存在但早落；叶舌紫褐色；叶片下表面沿中脉两侧稍被柔毛。花枝呈穗状，鳞片状苞片；佛焰苞无毛或一侧疏生柔毛，小穗狭披针形，小穗轴最后延伸成刺芒状，节间密生短柔毛；笋期 4-5 月，花期 10 月至次年 5 月。

【植物小档案】

淡竹			
别名	粉绿竹、花斑竹、红淡竹、毛金竹	界	植物界
门	被子植物门	纲	单子叶植物纲
目	禾本目	科	禾本科
亚科	竹亚科	族	倭竹族
亚族	刚竹亚族	属	刚竹属
组	刚竹组	种	淡竹

【象思维看中药】

淡竹生于湿地，性寒味甘，其色淡黄绿，质轻而疏松，断面中空。气寒可清热，质轻疏松，断面中空有似"轻清上升"之象，故本身必有下降之气以佐治其象，故竹茹为竹之内皮，竹成节状而中空，似六腑、肺、脊柱，其气以降多于升，可达六腑、肺、脊柱之内而降，可将肺气、胃气、胆气，以治疗咳嗽、胃热呕逆，妊娠恶阻等气机逆上之证。

【药性、功用】

竹茹，甘、微寒。归脾、胃、胆经。清热化痰，除烦止呕，安胎凉血。主治肺热咳嗽，烦热惊悸，胃热呕逆，妊娠恶阻，胎动不安，吐血、尿血，崩漏。

【药性典籍】

《别录》:"主呕啘,温气寒热,吐血,崩中,溢筋。"

《药性论》:"止肺痿唾血,鼻衄,治五痔。"

【植物小常识】

竹子的历史

中国是世界上研究、培育和利用竹子最早的国家。1954 年在西安半坡村发掘了距今约 6000 年左右的仰韶文化遗址,其中出土的陶器上可辨认出"竹"字符号,证明了中国人民研究和利用竹子的历史可追溯到五六千年前的新石器时代。而且在 7000 年前的浙江余姚市河姆渡原始社会遗址内也发现了竹子的实物。

甲骨文的"竹"字左右像两个竹枝,竹枝的下方各有三片竹叶。战国文字的"竹"字,竹叶符号由甲骨文的下方移到了竹竿形状的上方,形似两支并排的竹子。战国金文下面还多出两个小横,有人解释这两横为竹子整齐并排的样子,有人解释为泥土。小篆的形体只沿袭了金文的主要部件,即两个竹枝并排的形体。隶书以及楷书都进行了笔画的规整,但大致还能看出竹子的形体。

在甲骨文、金文中都有"竹"的象形符号和与竹有关的文字。古人以竹片作为文字的载体,用牛皮绳串起来编结成书,就是所谓的"韦编"。大教育家孔子勤于读书,把牛皮绳多次翻断,被人们作为"韦编三绝"的佳话传颂。从战国到魏晋长达八百年的岁月里,人们皆用"竹简"写字、刻字、著书立说。

【药膳或食疗推荐】

生竹茹二两,醋煮含之。治齿龈间津液、血出不止。(《千金方》)

【拓展天地】 动动脑、练练手

请思考并写出描写该药物的诗句。

瓠子

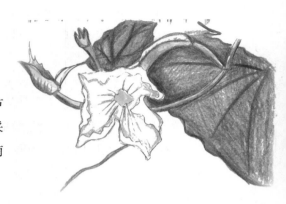

瓠子(《新修本草》),为葫芦科葫芦属植物瓠子的果实。8-9月果实成熟时采收,鲜用或晒干。种子为瓠子子(《滇南本草》)。老熟果皮为蒲种壳。

【诗歌鉴赏】

风·卫风·硕人

硕人其颀,衣锦褧衣。

齐侯之子,卫侯之妻。

东宫之妹,邢侯之姨,谭公维私。

手如柔荑,肤如凝脂,

领如蝤蛴,齿如瓠[1]犀,

螓首蛾眉,巧笑倩兮,美目盼兮。

硕人敖敖,说于农郊。

四牡有骄,朱幩镳镳。

翟茀以朝。大夫夙退,无使君劳。

河水洋洋,北流活活。

施罛濊濊,鳣鲔发发。

葭菼揭揭,庶姜孽孽,庶士有朅。

[1] 瓠,植物名。

【植物考辨】

瓠,瓠子。

🌿【植物特征】

瓠子，一年生攀缘草本。茎、枝被黏质长柔毛，老后渐脱落，具沟纹。叶互生；叶柄长约20cm，被毛；顶端有2腺体；卷须纤细，上部分2歧；叶片卵状心形或肾状卵形，不分裂或稍浅裂，边缘小齿。花单性，雌雄同株；花白色。雄花花萼筒漏斗状，裂片披针形；花冠裂片皱波状；雄蕊3，药室折曲；雌花花萼和花冠似雄花；子房圆柱状，密被黏质长柔毛。果实粗细均匀而呈圆柱状，稍弯曲，长60-80cm，绿白色，果肉白色。花期7-8月，果实8-9月。

🌿【植物小档案】

瓠子				
别名	瓠瓜、甘瓠、甜瓠、净街槌、龙密瓜、天瓜、长瓠、扁蒲	界	植物界	
门	被子植物门	纲	双子叶植物纲	
亚纲	合瓣花亚纲	目	葫芦目	
科	葫芦科	族	南瓜族	
亚族	葫芦亚族	属	葫芦属	
种	葫芦	品种	瓠瓜	

🌿【象思维看中药】

瓠子，生成于夏暑季节，暑季多湿多热，本植物耐湿热，可清热利湿，利水；攀缘植物，藤似人之经络、血脉，可通脉活血，疏经活络。

🌿【药性、功用】

瓠子，甘、凉。利水、清热，止渴、除烦。主治水肿腹胀，烦热口渴，疮毒。

🌿【药性典籍】

《千金方》："主消渴恶疮，鼻口中肉烂痛。"

《新修本草》："通利水道，止渴消热。"

【植物小趣闻】

植物也是 "一座城"

瓠子、悬瓠城、汝南，这三个词放在一块似乎是风马牛不相及的三个词。"瓠子"指的是一种常见的瓜菜；汝南指的是河南省驻马店市下辖的一个千年古县；悬瓠城，是一个很多人闻所未闻的古代城市。

或许有小伙伴会追问：汉代不就有汝南郡了吗？那个统领 37 个县、有 "汝半朝" 之称的汝南郡，难道跟悬瓠城不是一码事么？

其实这件事可真说对了。西汉高祖四年设置汝南郡时，汝南郡的治所还真的不在悬瓠城，而是在今上蔡县西南。东汉时期，汝南郡治所又迁移至平舆县西北的射桥镇一带，三国时又迁徙至息县，公元 418 年，东晋把汝南郡治所从息县移到了悬瓠城，也就是今天的汝南县城所在。

从那时起，悬瓠城开始成为 "地级城市"，汝南郡是它，豫州是它，蔡州是它，汝宁府是它，汝南县也是它。古时的汝南，是令人仰慕的区域中心城市，文化璀璨、群贤辈出，是豫皖鄂交界地区的政治、经济、文化中心。

悬瓠城地处古豫州之中，既能北进汴洛，又可南下荆楚，历来是兵家必争之地。南北朝时期，这里还发生了影响中国古代政局的宋魏 "悬瓠之战"。当年，北魏太武帝拓跋焘亲率十万大军南下攻刘宋，围攻悬瓠城，宋军守将、副参军陈宪临危不乱，指挥不满千人的队伍，同仇敌忾，奋力抗击，使魏军四十二天不得入城，伤亡 7 万人，败退而走。这里是袁、周等姓氏的起源地，这里曾辖颍水、淮河之间的 37 县，这里曾在东汉、明代两次出现 "汝半朝"，这里曾发生过著名的 "李塑雪夜入蔡州"。只可惜，近代以来，因为偏离京广铁路等原因，这个曾经无比辉煌的 "大城市"，渐渐变小变弱，失去了它昔日的光彩，如今，沦为驻马店市下辖的一个县。

【药膳或食疗推荐】

瓠子烧灰，酒下。治左瘫右痪。(《滇南本草》)

【拓展天地】 动动脑、练练手

请思考并写出描写该药物的诗句。

桧叶

桧叶（《福建民间草药》），为柏科圆柏属植物圆柏的叶。全年均可采收，鲜用或晒干。

【诗歌鉴赏】

风·卫风·竹竿

籊籊竹竿，以钓于淇。

岂不尔思? 远莫致之。

泉源在左，淇水在右。

女子有行，远兄弟父母。

淇水在右，泉源在左。

巧笑之瑳，佩玉之傩。

淇水滺滺，桧[1]楫松舟。

驾言出游，以写我忧。

[1] 桧，植物名。

【植物考辨】

桧，圆柏。

【植物特征】

圆柏，乔木，生于海拔 500-1000m 的中性土、钙质土及微酸性土壤中。树皮深灰色，纵裂，成长条片；幼树枝条斜上伸展，树冠尖塔形或圆锥形，老树下部大枝近平展，树冠广圆形。叶二型：鳞叶及刺叶；生鳞叶的小枝近四棱形，径 1-1.2mm，鳞叶先端钝尖，背面近中部有椭圆形微凹的腺体；刺叶 3 叶交叉轮生，长 6-12mm，上面微凹，有 2 条白粉带。雌雄异株，稀同株；雄球花黄色，椭圆形。球果翌年成熟，近圆形，熟时暗褐色，被白粉。种子 2-4，卵圆形，扁，先端钝，有棱脊及少数树脂槽。

【植物小档案】

圆柏			
别名	刺柏、柏树、桧、桧柏	界	植物界
门	裸子植物门	纲	松柏纲
目	松柏目	科	柏科
属	刺柏属	种	圆柏

【象思维看中药】

桧叶，为叶，轻清之品，可解表，性温，可散寒；鳞叶先端钝尖，背面近中部有椭圆形微凹的腺体，类似人的关节，可活血通络，治疗关节痛。

【药性、功用】

桧叶，性温，味辛，有毒。祛风散寒，活血解毒。主治风寒感冒，风湿关节痛，荨麻疹，尿路感染。

【药性典籍】

《福建药物志》："祛风散寒，活血消肿，驱秽除浊。"

《内蒙古中草药》："治尿道炎、淋病，肺痨。"

【植物小常识】

<h1 style="text-align:center">我是"摇钱树"！</h1>

圆柏称桧，自古已然。西周分封的诸侯国中便有因之将圆柏作为古国名，称为："桧"（《诗·桧风》）。有学者认为，古代崇尚贝壳，以贝壳为货币，所以，柏树名称源自"贝"，"柏"字与"贝"字读音相近，"柏树"就是"贝树"，表示树冠像贝壳的一类树。

【药膳或食疗推荐】

治鼻衄：圆柏叶一两，炒焦，水煎，一日二次分服。（《中国沙漠地区药用植物》）

治百日咳：圆柏叶五钱，水煎，一日二次分服。（《中国沙漠地区药用植物》）

【拓展天地】 动动脑、练练手

请思考并写出描写该药物的诗句。

松叶

松叶(《别录》),为松科松属植物华山松、黄山松、马尾松、黑松、油松、云南松、红松等的针叶。5-10月采收,鲜用或晒干。

【诗歌鉴赏】

风·卫风·竹竿

籊籊竹竿,以钓于淇。

岂不尔思? 远莫致之。

泉源在左,淇水在右。

女子有行,远兄弟父母。

淇水在右,泉源在左。

巧笑之瑳,佩玉之傩。

淇水滺滺,桧楫松[1]舟。

驾言出游,以写我忧。

[1] 松,植物名。

【植物考辨】

松,为松科松属植物,笔者以华山松为例介绍。

【植物特征】

华山松，乔木，生于海拔 1000-3300m 针阔叶混交林中。幼树树皮灰绿色或淡灰色，平滑，老树呈灰色。一年生枝绿色或灰绿色，无毛。冬芽近圆柱形，褐色，微有树脂。5 针一束，长 8-15cm，边缘有细锯齿，仅腹面两侧各具 4-8 条白色气孔线；横切面三角形，树脂道通常 3 个，中生或背面 2 个边生，腹面 1 个中生，中央有 1 个维管束。雄球花黄色，卵状圆柱形，基部围有 10 枚卵状匙形的鳞片。球果圆锥状长卵圆形，幼时绿色，熟时黄色或褐黄色，果梗长 2-3cm，熟时种鳞张开，种子脱落；中部种鳞斜方状倒卵形，长 3-4cm，鳞盾近斜方形或宽三角状斜方形，鳞脐不明显。种子倒卵形，黄褐色，暗褐色或黑色，无翅有棱。花期 4-5 月，球果翌年 9-10 月成熟。

【植物小档案】

华山松			
别名	白松、五须松、果松、青松、五叶松	界	植物界
门	裸子植物门	纲	松杉纲
目	松杉目	科	松科
亚科	松亚科	属	柏木属
亚属	单维管束松亚属	组	五针松组
种	华山松		

【象思维看中药】

华山松，5 针为一束，在神秘的河图中，5 位于中央，天五生土，地十成之，脾属土，松叶归脾经，可燥湿健脾，故可守中，调脾胃，延年。

【药性、功用】

苦、温，归心、脾经。祛风燥湿，杀虫止痒。主治风湿痿痹，历节风痛，湿疮，风疹瘙痒。

【药性典籍】

《别录》："主风湿疮，生毛发，安五脏。守中，不饥，延年。"

《纲目》："去风痛脚痹，杀米虫。"

【植物小常识】

与松有关的诗句

青松寒不落，碧海阔愈澄。——杜甫《寄峡州刘伯华使君四十韵》

白金换得青松树，君既先栽我不栽。——白居易《松树》

白首归来种万松，待看千尺舞霜风。——苏轼《寄题刁景纯藏春坞》

兰秋香不死，松晚翠方深。——李群玉《赠元绂》

亭亭山上松，瑟瑟谷中风。风声一何盛，松枝一何劲。——刘桢《赠从弟》

偶来松树下，高枕石头眠。山中无历日，寒尽不知年。——贾岛《松下偶成》

【药膳或食疗推荐】

以松叶一撮，盐一合，好酒三升，含之。治齿根肿。（《普济方》）

【拓展天地】 动动脑、练练手

请思考并写出描写该药物的诗句。

萝摩

　　萝摩(《本草经集注》),为萝摩科萝摩属植物萝摩的全草或根。7-8月采收全草,鲜用或晒干。7-10月挖根,晒干。果实为萝摩子(《新修本草》),10-12月采收成熟果实,晒干。果壳为天浆壳。

【诗歌鉴赏】

> ### 国风·卫风·芄兰
>
> 芄兰[1]之支,童子佩觿。
>
> 虽则佩觿,能不我知。
>
> 容兮遂兮,垂带悸兮。
>
> 芄兰之叶,童子佩韘。
>
> 虽则佩韘,能不我甲。
>
> 容兮遂兮,垂带悸兮。

[1] 芄兰,植物名,萝摩。

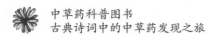

【植物考辨】

芄兰，古今学者认识统一，即为萝摩。

【植物特征】

萝摩，多年生草质藤本，全株具乳汁；茎下部木质化，上部较柔韧，有纵条纹，幼茎叶密被短柔毛。叶对生，膜质；叶片卵状心形，先端短渐尖，基部心形，叶耳圆，上面绿色，下面粉绿色。总状式聚伞花序腋生或腋外生；小苞片膜质，披针形；花萼裂片5，披针形；花冠白色，有淡紫红色斑纹；花冠裂片5，张开，先端反折，基部向左覆盖；雄蕊5，连生成圆锥状，并包围雌蕊在其中；子房由2枚离生心皮组成，柱头延伸成一长喙，先端2裂。蓇葖果叉生，纺锤形，先端渐尖，基部膨大。种子扁平，褐色，有膜质边，上端着生多数白色绢丝状毛。花期7-8月，果期9-12月。

【植物小档案】

萝摩			
别名	芄兰、斫合子、白环藤、羊婆奶、婆婆针落线包、羊角、天浆壳、麻雀棺材	界	植物界
门	被子植物门	纲	双子叶植物纲
亚纲	合瓣花亚纲	目	捩花目
科	萝摩科	亚科	马利筋亚科
族	马利筋族	亚族	葫芦亚族
属	萝摩属	种	萝摩

【象思维看中药】

萝摩，多年生草质藤本，类似人之经络、骨节，故可舒筋活络；全株具乳汁，可以下乳，治疗乳汁不足；蓇葖果叉生，纺锤形，先端渐尖，基部膨大，类似肾形，可补肾经，治疗虚劳、阳痿、遗精等。

【药性、功用】

甘、辛、平。补精益气，解毒消肿。主治虚损劳伤，阳痿，遗精白带，乳汁不足，丹毒、瘰疬，虫蛇咬伤。

【药性典籍】

《本草经集注》："补益精气，强盛阴道。"

【植物小趣事】

萝摩是个"公主"

萝摩又叫芄兰，植物世界里的芄兰曾是战国时燕王喜之公主的名字，历史上又叫菀兰。她与荆轲合议刺秦王，后来又真心爱上荆轲。当荆轲赴秦刺王，"一去不复还"时，她则殉情而去。

【药膳或食疗推荐】

奶浆藤（萝摩藤茎）9-15g，水煎服，炖肉服可用至 30-60g。下乳。（《民间常用草药汇编》）

萝摩茎叶适量，研末，每服 3-6g，白糖调服。治小儿疳积。（《江西草药 》）

【拓展天地】 动动脑、练练手

请思考并写出描写该药物的诗句。

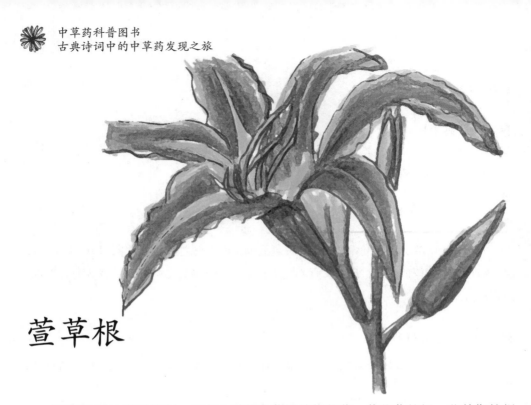

萱草根

　　萱草根（《本草拾遗》），为百合科黄花菜属植物萱草、黄花菜的根。花前期挖根晒干。

【诗歌鉴赏】

国风·卫风·伯兮

伯兮朅兮，邦之桀兮。

伯也执殳，为王前驱。

自伯之东，首如飞蓬。

岂无膏沐？谁适为容！

其雨其雨，杲杲出日。

愿言思伯，甘心首疾。

焉得谖草[1]？言树之背。

愿言思伯。使我心痗。

[1] 谖草，植物名。

【植物考辨】

谖（xuān）草：萱草，忘忧草，俗称黄花菜。

【植物特征】

萱草，多年生草本，块根纺锤状，根茎短。叶基生，两列；叶片条形，下面呈龙骨状突起。花葶粗壮；蝎尾状聚伞花序组成圆锥状，有花6-12朵；苞片卵状披针形；花橘红色至橘黄色，具短花梗；雄蕊伸出，上弯。蒴果长圆形。花、果期为5-7月。

【植物小档案】

萱草			
别名	金针菜、鹿葱、川草花、忘郁、丹棘等、摺叶萱草、黄花菜	界	植物界
门	被子植物门	纲	单子叶植物纲
目	百合目	亚目	百合亚目
科	百合科	族	萱草族
属	萱草属	种	萱草

【象思维看中药】

萱草，花橘红色至橘黄色，黄色入脾，可健脾祛湿，花、果期为5-7月，为夏暑之季，耐暑湿之气，可清热利湿。

【药性、功用】

萱草根，甘、凉，有毒。归脾、肝、膀胱经。清热利湿，凉血止血，解毒消肿。主治黄疸、水肿，淋浊，带下，衄血，崩漏，瘰疬，乳痈，乳汁不通。

【药性典籍】

《本草拾遗》："治砂淋，下水气，主酒疸黄色通身者，捣绞汁服。"

《滇南本草》："治乳结红肿硬痛，乳汁不通，乳痈、乳岩，攻痈疮。滇中产者，其性补阴血，止腰疼，治崩漏，止大肠下血。"

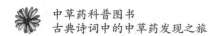
🌿【植物小常识】

中华母亲花

传统的母亲花是萱草，传承着中国人对母亲的敬重和爱。古代游子远行，一定要先在母亲居住的"北堂"前种植萱草，寄希望于萱草陪伴母亲，减少对自己的思念，忘却烦忧。

萱草花颜色橘黄，花型像百合，形态优美颜色娇艳。唐代诗人孟郊诗中有云："萱草生堂阶，游子行天涯，慈母倚堂门，不见萱草花"，讲述了母亲倚在堂前，思念着远在他乡的游子。萱草相比康乃馨，它更适合我们中国人聊表"寸草心"，以报"三春晖"的情感！

萱草在我国的栽培已有3000多年历史，古名谖草。"萱"古通作"蕿"、"蕄"、"谖"意为忘记。萱草古代还有忘忧草、解思草、疗愁草、宜男、万年韭之名。最早文字记载见之于《诗经卫风伯兮》："焉得谖草，言树之背"。朱熹注曰："谖草，令人忘忧；背，北堂也。"北堂即代表母亲之意。古时候当游子要远行时，就会先在北堂种萱草，希望减轻母亲对孩子的思念，忘却烦忧。

唐朝孟郊《游子诗》写道：萱草生堂阶，游子行天涯；慈母倚堂门，不见萱草花。

王冕《偶书》：今朝风日好，堂前萱草花。持杯为母寿，所喜无喧哗。

🌿【药膳或食疗推荐】

萱草根煎水随时取饮，治疗小便不通。《本草纲目》

🌿【拓展天地】 动动脑、练练手

请思考并写出描写该药物的诗句。

木瓜

木瓜（《雷公炮炙论》），为蔷薇科木瓜属植物皱皮木瓜的果实。7-8月上旬，木瓜外皮呈青黄色时采收，用铜片切成两瓣，不去籽，低温干燥。本植物的种子为木瓜核（《普济方》），9-10月间采收，将成熟的果实剖开，取出种子，鲜用或晒干。花为木瓜花（《纲目》），3-4月间采花，晒干。根为木瓜根（《日华子》），全年可采，将根挖出，洗净，切片晒干。本植物的枝、叶为木瓜枝（《别录》），全年可采，切断晒干。树皮为木瓜皮（《纲目》）。

【诗歌鉴赏】

国风·卫风·木瓜

投我以木瓜[1]，报之以琼琚。

匪报也，永以为好也！

投我以木桃[2]，报之以琼瑶。

匪报也，永以为好也！

投我以木李[3]，报之以琼玖。

匪报也，永以为好也！

[1] 木瓜、木桃、木李，植物名。

🌿【植物考辨】

《本草纲目》：李时珍在"木瓜"条目中说，"似木瓜而无鼻，大于木桃，味涩者，为木李，亦曰木梨，即榠楂及和圆子也……木桃、木李性坚，可蜜煎及作糕食之。"并引用古人的解释："颂曰：楂酷类木瓜，但看蒂间别有重蒂如乳者为木瓜，无者为楂也。""敦曰：……有和圆子，色微黄，蒂粗，其子小圆，味涩微咸，能伤人气。"

概括以上古人所说，木李的主要特征是：形状像木瓜但比木瓜小，先端无乳状突出的"鼻"，黄色，性坚味酸涩。

《中国植物志》：木瓜（尔雅），榠楂（图经本草），木李（诗经）。灌木或小乔木，高达 5-10m，树皮成片状脱落；小枝无刺。花单生于叶腋，淡粉红色；果实长椭圆形，长 10-15cm，暗黄色，木质，味香，涩，果皮干燥后仍光滑，不皱缩。

对比《本草纲目》里的木李与《中国植物志》里的木瓜，其形状、大小、颜色、味道、口感等都相符合。《中国植物志》里的木瓜就是《本草纲目》里的木李。

🌿【植物特征】

木瓜，灌木或小乔木，高达 5-10m，树皮成片状脱落；小枝无刺，圆柱形，幼时被柔毛，不久即脱落，紫红色，二年生枝无毛，紫褐色；冬芽半圆形，先端圆钝，无毛，紫褐色。叶片椭圆卵形或椭圆长圆形，稀倒卵形，先端急尖，基部宽楔形或圆形，边缘有刺芒状尖锐锯齿，齿尖有腺，幼时下面密被黄白色绒毛，不久即脱落无毛；叶柄长 5-10mm，微被柔毛，有腺齿；托叶膜质，卵状披针形，先端渐尖，边缘具腺齿；花单生于叶腋，花梗短粗，无毛；花直径 2.5-3cm；萼筒钟状外面无毛；萼片三角披针形，先端渐尖，边缘有腺齿，外面无毛，内面密被浅褐色绒毛，反折；花瓣倒卵形，淡粉红色；雄蕊多数，长不及花瓣之半；花柱基部合生，被柔毛，柱头头状，有不显明分裂，约与雄蕊等长或稍长。果实长椭圆形，暗黄色，木质，味芳香，果梗短。花期 4 月，果期 9-10 月。

【植物小档案】

木瓜			
别名	楔楂、木李、海棠、光皮木瓜、木瓜海棠	界	植物界
门	被子植物门	纲	双子叶植物纲
亚纲	蔷薇亚纲	目	蔷薇目
亚目	蔷薇亚目	科	蔷薇科
亚科	苹果亚科	属	木瓜属
种	木瓜		

【象思维看中药】

木瓜发叶开花于春，成实于夏，得春木之正气，禀曲直之化，兼得火气而收之。其味酸，质津润，其皮始青而终黄，其肉先白而后赤，其气温，气薄味厚，降多于升，入足太阴、阳明胃经，兼入足厥阴肝经，可舒经活络，化湿和胃。

【药性、功用】

酸、温，归肝、脾、胃经。舒经活络，和胃化湿。主治风湿痹痛，肢体酸重，筋脉拘挛，吐泻转筋，脚气，水肿，痢疾。

【药性典籍】

《雷公炮炙论》："调营卫，助谷气。"

《别录》："注湿痹邪气，霍乱大吐下，转筋不止。"

【植物小趣事】

木瓜真的能丰胸吗？

木瓜是很多女性喜欢的水果。"木瓜丰胸"这个传说据说古已有之。古人的说法一般只有"功效"而没有依据，所以"木瓜凭什么能够丰胸"的问题，需要后人去揣摩。最大的可能是，中国古代的木瓜外形浑圆饱满，人们根据"以形补形"的思路演绎出了它"丰胸"的传说。从今天的眼光来看，"以形补形"本来就是完全没有科学依据的想当然，而更无厘头的是，今天的木瓜不是古人的木瓜。今天的是番木瓜，外形比古人的宣木瓜细而长，如果真的能够"以形补形"，怕是没有女性敢吃它了吧？当然，喜欢为"先人智慧"辩护的人们，总是试图去用现代科学的术语去解释古人的传说。比如，很多人说木瓜中富含木瓜酵素和维生素 A，可以刺激乳房发育。这种先画靶子后开枪的做法，也能够忽悠一批爱好者。所谓的"木瓜酵素"是一种蛋白酶，其活性是分解蛋白质，但吃到肚子里，经过胃酸和蛋白酶的洗礼，它也就失去了活性，无法被人体吸收去发挥分解蛋白质的作用。而分解蛋白质，也跟乳房发育搭不上关系。要想靠它来丰胸，需要画其他的靶子，木瓜蛋白酶是无能为力的。当然，木瓜蛋白酶还是很有用的，比如用来腌老而柴的肉，就可以让它变嫩——嫩肉剂里，活性的成分也就是蛋白酶。尤其是青木瓜榨出来的汁，蛋白酶含量更高，效果也就会更好。在做名小吃"姜撞奶"的时候，用它代替姜汁，也就可以得到"木瓜撞奶"。至于维生素 A，就更加莫名其妙。且不说维生素 A 的生理作用已经相当清楚，跟乳房发育无关。即便是维生素 A 的含量，木瓜也跟南瓜和红薯差不多，算是"比较高而已"，要是跟胡萝卜相比，就只有被秒杀的份儿。

【药膳或食疗推荐】

木瓜泡酒服，每次一小盅，日服两次。治风湿麻木。（《天津中草药》）

木瓜 18g，水煎，分两次服，每日 1 剂，治疗荨麻疹。（《全国中草药新医疗法展览会资料选编》）

【拓展天地】 动动脑、练练手

请思考并写出描写该药物的诗句。

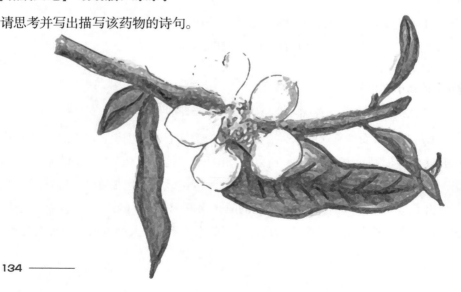

黍米

黍米(《别录》),为禾本科黍属植物黍的种子。9-10月谷粒成熟时采收,碾去壳用。本植物的茎秆为黍茎(《食疗本草》),根为黍根(《纲目》),9-10月采收,晒干。

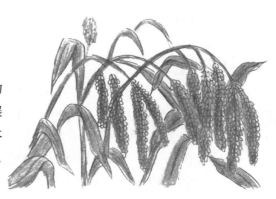

【诗歌鉴赏】

风·王风·黍离

彼黍[1]离离,彼稷之苗。

行迈靡靡,中心摇摇。

知我者,谓我心忧;

不知我者,谓我何求。

悠悠苍天,此何人哉?

彼黍离离,彼稷之穗。

行迈靡靡,中心如醉。

知我者,谓我心忧;

不知我者,谓我何求。

悠悠苍天,此何人哉?

彼黍离离,彼稷之实。

行迈靡靡,中心如噎。

知我者,谓我心忧;

不知我者,谓我何求。

悠悠苍天,此何人哉?

[1] 黍,植物名。

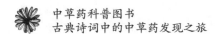

【植物考辨】

黍，认识相对比较一致，其种子为黍米，也叫黄米，也称为糜子米。

【植物特征】

黍，一年生栽培草本。杆粗壮，直立，单生或少数丛生，节密被髭毛，节下具疣毛。叶鞘松弛，被疣基毛；叶舌长约 1mm，具长约 2mm 的纤毛；叶片线状披针形，具有柔毛或无毛，边缘常粗糙。圆锥花序开展或较紧密，成熟后下垂，分枝具角棱，边缘具糙刺毛，下部裸露，上部密生小枝与小穗；小穗卵状椭圆形；颖纸质，第一颖长为小穗的 1/2-2/3，先端尖，具 5-7 脉，第二颖与小穗等长，通常具 11 脉，其脉先端渐汇合成喙状；第一外稃薄膜质，先端常微凹。谷粒圆形或椭圆形，乳白色或褐色。花、果期 7-10 月。

【植物小档案】

黄米（黍米）			
别名	夏小米	界	植物界
门	种子植物门	纲	单子叶植物纲
目	禾本目	科	禾本科

【象思维看中药】

黍，黄米，色黄，入脾胃经，可以补脾土；黍为植物种子入药，均经过晾晒干燥后，故可止渴。

【药性、功用】

甘、微温，归肺、脾、胃、大肠经。益气补中，除烦止渴。主治烦渴，泻痢，吐逆，咳嗽，胃痛，小儿鹅口疮，疮痈，烫伤。

【药性典籍】

《别录》："丹黍米，主咳逆，霍乱，止泄，除热，止烦渴。"

《日华子》："赤黍米，下气治咳嗽，除烦止渴，退虚热。"

【植物小趣闻】

舌尖上的美食之黍米

黍子去皮后称黄米。黄米营养丰富，含 14% 的蛋白质，脂肪含量 3%，碳水化合物 68%，膳食纤维 4%。黍子的淀粉几乎全部为支链淀粉，糯性强，饱腹感强。我国西北地区流传着"三十里的莜面，四十里的糕，十里的荞面饿断腰"的谚语，四十里的糕就是黄米糕。黍子是我国北方人民的主要食物，可制成炸糕、枣糕、黄米粽子、煎饼、软米浸糕、黄米年糕、米酒等独特的风味食品。黍子的全身都是宝，黍子和黍糠是家畜家禽的重要饲料，黍草可作为牛羊的冬季饲草，黍子穗脱粒后还可加工成笤帚。

【药膳或食疗推荐】

黍米汁涂之。治疗小儿鹅口疮，不能饮乳。（《千金方》）

黍米、女曲等分，各熬令黑如炭，捣末，以鸡子白和涂之。治汤火所灼未成疮者。（《肘后方》）

【拓展天地】 动动脑、练练手

请思考并写出描写该药物的诗句。

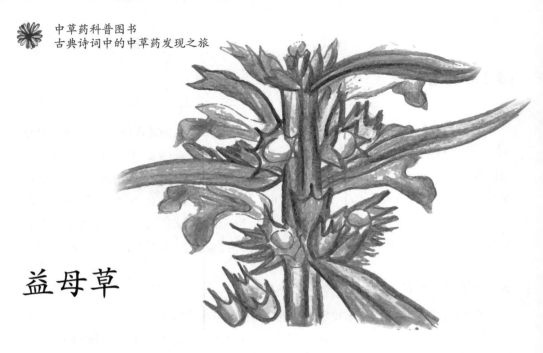

益母草

益母草(《本草图经》),为唇形科益母草属植物益母草和细叶益母草的全草。在每株开花 2/3 时收获,选晴天齐地割下,应即摊放,晒干后打成捆。花为益母草花。果实为茺蔚子。

【诗歌鉴赏】

国风·王风·中谷有蓷

中谷有蓷[1],暵其干矣。

有女仳离,嘅其叹矣。

嘅其叹矣,遇人之艰难矣!

中谷有蓷,暵其修矣。

有女仳离,条其啸矣。

条其啸矣,遇人之不淑矣!

中谷有蓷,暵其湿矣。

有女仳离,啜其泣矣。

啜其泣矣,何嗟及矣!

[1] 蓷,植物名。

🌿【植物考辨】

蓷，据《中药大辞典》，即益母草。

🌿【植物特征】

益母草，一年生或二年生草本。生于田埂、路旁、溪旁或山坡草地。茎直立，四棱形，被微毛。叶对生；叶形多种；一年生植物基生叶具长柄，叶片略呈圆形，基部为心形；茎中部叶有短柄，3 全裂，裂片近披针形，中央裂片常再 3 裂，两侧裂片再 1-2 裂，最终小裂片宽度通常在 3mm 以上，先端渐尖，边缘疏生锯齿或近全缘；最上部叶不分裂，线形，近无柄，上面绿色，被糙伏毛，下面淡绿色，被疏柔毛及腺点。轮伞花序腋生，具花 8-15 朵；小苞片针刺状，无花梗；花萼钟形，外面贴生微柔毛，先端 5 齿裂，具刺尖，下方 2 齿比上方 3 齿长，宿存；花冠唇形，淡红色或紫红色，外面被柔毛，上唇与下唇几等长，上唇长圆形，全缘，边缘具纤毛，下唇 3 裂；雄蕊 4，花药 2 室；雌蕊 1，子房 4 裂，花柱丝状，柱头 2 裂。小坚果褐色，三棱形。花期 6-9 月，果期 7-10 月。

🌿【植物小档案】

益母草			
别名	益母蒿、益母艾、红花艾、坤草、野天麻等	界	植物界
门	被子植物门	亚门	被子植物亚门
纲	双子叶植物纲	亚纲	合瓣花亚纲
目	管状花目	科	唇形科
亚科	野芝麻亚科	族	野芝麻族
亚族	野芝麻亚族	属	益母草属
亚属	益母草亚属	种	益母草

🌿【象思维看中药】

益母草，多见于水土肥润之地，喜温暖阳光，干燥则不生；自幼及壮，从根至梢，其叶连续变化，其高可及人，方茎直立，神气内收而不散；唇花腋生，聚茎层叠，性舒展而内秀。初生之叶，圆阔饱满，神气圆融，及长及高，则叶裂如掌，生机舒展，锐气初现也。及长成花开，最顶端之叶，则狭长如剑。女子产后，精气亏乏，气机易滞，得益母草聚神定心，展气充身，则气血流畅，生机充盛，故可活血调经；凡人精亏气郁，一身舒展不及之证，皆可用之，故可治疗跌打损伤，小便不利。

【药性、功用】

辛、苦、微寒。归肝、肾、心包经。活血调经，利尿消肿，清热解毒。主治月经不调，经闭，产后血晕，瘀血腹痛，跌打损伤，小便不利。

【药性典籍】

《本经》："主隐疹痒，可作浴汤。"

《本草衍义补遗》："治产前产后诸疾，行血养血；难产做膏服。"

【植物小趣事】

武则天是益母草美容的最早代言人。武则天活到 81 岁，是一位长寿女皇。她非常讲究保养皮肤，御医曾为她的皮肤护理，开出很多美容秘方，武则天常用的两个，一个叫"益母草泽面方"，后世一度改为"神仙玉女粉"，明代李时珍在《本草纲目》中又恢复了原名。《新唐书》里说武则天"善自涂泽"，即她善用美容化妆品。她长期使用的外涂美容方，主要药物是益母草。相传，每天朝夕用这种药剂涂擦面部与双手，能逐渐去除浮皮，减少黑斑与皱纹，如用此药洗面，面润光泽。涂用日子越久，效果越明显："经月余血色，红鲜光泽，异于寻常；如经年用之，朝暮不绝，年四五十妇人，如十五女子。"

【药膳或食疗推荐】

1、益母草一握（洗）。上研取汁，少灌耳中。治耳聋。（《圣济总录》）

2、益母草，捣细末，以新汲水调涂于乳房上，以物抹之，生者捣烂用之。治妇人勒乳后疼闷，乳结成痈。（《圣惠方》）

3、益母草茎叶，捣烂敷疮上，又绞取汁五合服之，即内消。治疗肿至甚。（《圣惠方》）

【拓展天地】 动动脑、练练手

请思考并写出描写该药物的诗句。

青蒿

青蒿（《本经》），为菊科蒿属植物黄花蒿的全草。花蕾期采收，切碎，晒干。根为青蒿根，果实为青蒿子。

【诗歌鉴赏】

国风·王风·采葛

彼采葛兮，一日不见，如三月兮！

彼采萧[1]兮，一日不见，如三秋兮！

彼采艾兮！一日不见，如三岁兮！

[1] 萧，植物名。

【植物考辨】

萧，古代现代很多学者多解释为一种蒿属植物，可以祭祀。均未特指某一种。笔者结合黄花蒿特点，有香气，古代多用于祭祀，本首诗歌的萧可以作青蒿解。

【植物特征】

青蒿，一年生草本，生于旷野、山坡、路边、河岸等处。全株具较强挥发油气味。茎直立，具纵条纹，多分枝，光滑无毛。基生叶平铺地面，开花时凋谢；茎生叶互生，幼时绿色，老时变成黄褐色，无毛，有短柄，向上渐无柄；叶片通常为三回羽状全裂，裂片短细，有极小粉末状短柔毛，上面深绿色，下面淡绿色，具细小的毛或粉末状腺状斑点；叶轴两侧具窄翅；茎上部的叶向上逐渐细小呈条形。头状花序细小，球形，具细软短梗，多数组成圆锥状；总苞小，球状；花全为管状花，黄色，外围为雌花，中央为两性花。瘦果椭圆形。花期 8-10 月，果期 10-11 月。

【植物小档案】

青蒿			
界	植物界	门	被子植物门
纲	双子叶植物纲	亚纲	合瓣花亚纲
目	桔梗目	科	菊科
亚科	管状花亚科	族	春黄菊族
亚族	菊亚族	属	蒿属
亚属	蒿亚属	组	艾蒿组
种	青蒿		

【象思维看中药】

以"五色五脏"，青蒿为青色，入肝胆经，可以清肝胆热，治疗黄疸；花期 8-10 月，花蕾期采收，暑夏之际采收，可解暑除蒸，治疗暑热、暑湿等暑邪引起的病证。

【药性、功用】

苦，微辛，寒。归肝、胆经。清热解暑，除蒸截疟。主治暑热、暑湿、湿温，阴虚发热，疟疾，黄疸。

【药性典籍】

《本经》："主疥瘙痂痒，恶疮，杀虱，留热在骨节间，明白。"

《纲目》："青蒿，治疟疾寒热。""黄花蒿，治小儿风寒惊热。"

【植物小常识】

青蒿素的发现

青蒿素的主要研发者之———屠呦呦获得拉斯克临床医学奖，她看了东晋葛洪《肘后备急方》中将青蒿"绞汁"用药的经验，从"青蒿一握，以水一升渍，绞取汁，尽服之"截疟，悟及可能有忌高温或酶解等有关的思路，改用沸点比乙醇低的乙醚提取，并将该提取物分为中性和酸性两部分，经反复实验，才于1971年10月4日分离获得的191号的青蒿中性提取物样品显示对鼠疟原虫100%抑制率。借古今之经验，成当代之大师，是每一个国人需要崇拜和学习的榜样，多读书，多读经典之作，才能成大器。

【药膳或食疗推荐】

青蒿捣汁服之，并塞鼻中。治鼻中衄血。（《卫生易简方》）

【拓展天地】 动动脑、练练手

请思考并写出描写该药物的诗句。

艾叶

　　艾叶（《别录》），为菊科蒿属植物艾的叶。培育当年9月、第二年6月花未开时割取地上部分，摘取叶片嫩梢，晒干。

🌿 【诗歌鉴赏】

国风·王风·采葛

彼采葛兮，一日不见，如三月兮！

彼采萧兮，一日不见，如三秋兮！

彼采艾[1]兮！一日不见，如三岁兮！

[1] 艾，植物名。

【植物考辨】

艾，参照《中医药大辞典》，即为艾蒿，菊科蒿属植物艾。

【植物特征】

艾，多年生草本，生于荒林边缘，全株密被白色茸毛，中部以上或仅上部有开展及斜升的花序枝。叶互生，下部叶在花期枯萎；中部叶卵状三角形或椭圆形，基部急狭或渐狭成短或稍长的柄，或稍扩大而成托叶状；叶片羽状或浅裂，侧裂片约 2 对，常楔形，中裂片又常 3 裂，裂片边缘有齿，上面被蛛丝状毛，有白色密或疏腺点，下面被白色或灰色密茸毛；上部叶渐小，3 裂或不分裂，无柄。头状花序多数，排列成复总状，花后下倾；总苞卵形；总苞片 4-5 层，边缘膜质，背面被绵毛；花带红色，多数，外层雌性，内层两性。瘦果长达 1mm，无毛。花期 7-10 月。

【植物小档案】

艾			
界	植物界	门	被子植物门
纲	双子叶植物纲	亚纲	合瓣花亚纲
目	桔梗目	科	菊科
亚科	管状花亚科	族	春黄菊族
亚族	菊亚族	属	蒿属
亚属	蒿亚属	组	艾组
种	艾		

【象思维看中药】

艾叶满布绒毛，气机藏聚，精气充盛，而芳香清透，生机缓和，与人体气机相近，富含纤维，艾叶晒干捣碎，则成柔软艾绒，而芳香柔和之气不变。端午节为天地气交之始，艾叶正是生长最旺盛之时，根固茎圆，叶芳香，直上直下，可升达布散周身，理血气、通经，逐寒湿。

【药性、功用】

辛、苦、温。归肝、脾、肾经。温经止血，安胎，逐寒湿，理气血。主治吐衄，下血，崩漏，月经不调，通经，带下，胎动不安，心腹冷痛。

【药性典籍】

《别录》"主灸百病。可作煎，止下痢，吐血，妇人漏血。利阴气，生肌肉，辟风寒，使人有子。"

《药性论》"止崩血，安胎，止腹痛。止赤白痢及五脏痔泻血。"

【植物小趣闻】

我是"雪媚娘"的前辈

艾是一种很好的食材，南方地区用艾做不同的美食。人们将艾的汁液与糯米混合，加入馅料捏成团子，蒸熟食用，称为"青团"；湖南、湖北等地将艾叶与糯米混合做成饼，用油炸着吃，称为"艾粑"或"艾糍"；江西等地会做出饺子形状的点心，叫"清明果"；广东人会摘取艾草的嫩叶或芽，当作蔬菜食用。

【药膳或食疗推荐】

醋煎艾涂之。治癣。(《千金方》)

干艾叶半两（炙熟），老生姜半两。浓煎汤，一服便止。治产后泻血不止。(《食疗本草》)

【拓展天地】 动动脑、练练手

请思考并写出描写该药物的诗句。

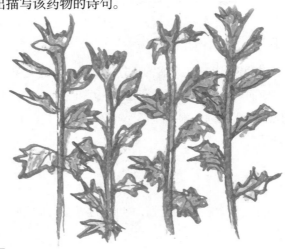

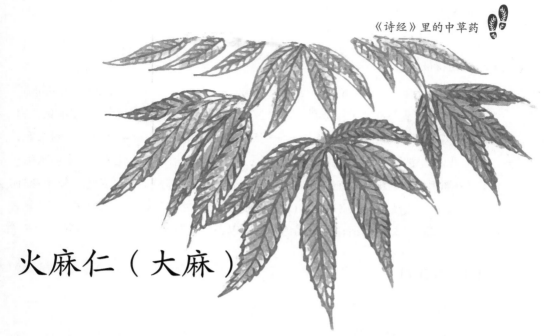

火麻仁（大麻）

火麻仁(《日用本草》)为桑科大麻属植物大麻的种仁。10-11月果实大部分成熟时，割取果株，晒干，脱粒，扬净。根为麻根，叶为麻叶，茎皮部纤维为麻皮，雄花为麻花，雌花序及幼嫩果序为麻蒉。

【诗歌鉴赏】

> ### 国风·王风·丘中有麻
>
> 丘中有麻[1]，彼留子嗟。
>
> 彼留子嗟，将其来施施。
>
> 丘中有麦，彼留子国。
>
> 彼留子国，将其来食。
>
> 丘中有李，彼留之子。
>
> 彼留之子，贻我佩玖。

[1] 麻，植物名。

【植物考辨】

中国古时候所称的"麻"，是指今天我们所谓的大麻（火麻）。

【植物特征】

大麻，一年生草本，茎直立，表面有纵沟，密被短柔毛，皮层富纤维，基部木质化。掌状叶互生或下部对生，全裂，裂片 3-11，披针形至条索披针形，两端渐尖，边缘具粗锯齿，上面深绿色，有粗毛，下面密被灰白色毡毛；叶柄长 4-15cm，被短绵毛；托叶小，离生，披针形。花单性，雌雄异株；雄花序为疏散的圆锥花序，顶生或腋生；雄花具花被片 5；雄蕊 5，花丝细长，花药大；雌花簇生于叶腋，绿黄色，每朵花外面有一卵形苞；花被小，膜质；雌蕊 1；子房圆球形，花柱呈二歧。瘦果卵圆形，质硬，灰褐色，有细网状纹，为宿存的黄褐色苞片所包裹。花期 5-6 月，果期 7-8 月。

【植物小档案】

大麻			
别名	山丝苗、线麻、胡麻、野麻、火麻	界	植物界
门	被子植物门	纲	双子叶植物纲
亚纲	原始花被亚纲	目	荨麻目
科	桑科	亚科	大麻亚科
属	大麻属	种	大麻

【象思维看中药】

大麻叶两两对手，气机对称舒展，无有偏颇，每叶有裂叶七枚或九枚，裂叶细长，边缘锯齿样，气机锐利。七者，心火之数，九者，阳数之极，皆火盛之象。通体皆火气盛达之象，故名火麻。火麻雌雄异株，雄花五瓣，雌花圆实，花皆绿色，无绚烂之心，有中土之性，水火之气盛而守中不偏。其质清透油润，水气盛；其性滑利通达，火气盛；故麻子仁如血脉之精气，可随心肾水火，润泽流通全身，灌注无遗而不黏滞；进而治疗各种灌注不通之证，如月经不调、淋证、水肿、痹症、便秘等。

【药性、功用】

甘、平，归脾、胃、大肠经。润燥滑肠，利水、活血。主治肠燥便秘，风痹，消渴，风水，脚气，热淋，痢疾，月经不调，丹毒。

【药性典籍】

《本经》:"主补中益气,肥健不老。"

《别录》:"主中风汗出,逐水,利小便,破积血,复血脉,乳妇产后余疾;长发,可为沐药。"

《纲目》:"利女人经脉,调大肠下痢;涂诸疮癣,杀虫;取汁煮粥食,止呕逆。"

【植物小常识】

《中国植物志》记载:大麻"原产锡金、不丹、印度和中亚细亚,我国各地也有栽培或沦为野生。新疆常见野生。"也有说原产于印度、伊朗、喜马拉雅山到西伯利亚一带及中国。中国被认为是种植和使用大麻最早的国家。在中国的种植可以追溯到传说中的神农时代。1973 年,在我国河北省藁城台西村商代遗址出土了大麻残片,经专家考证鉴定,这些大麻残片是经过人工脱胶处理的麻纤维合股纺织而成的,其纺织工艺水平与长沙马王堆西汉墓中的麻布相当,而年代却早了 1000 多年,是目前世界上发现最早使用人工脱胶技术处理的麻织品。也就是说,那时大麻在我国已经普遍种植利用,纺织技术已经达到了相当高的水平。

【药膳或食疗推荐】

麻子仁一合。研、水二盏,煎六分,去滓服。治产后瘀血不尽。(《圣惠方》)

麻仁一升,水三升,煮三四沸,取汁饮之。治大渴,日饮数斗,小便赤涩。(《肘后方》)

【拓展天地】 动动脑、练练手

请思考并写出描写该药物的诗句。

木槿花

木槿花(《日华子》),为锦葵科木槿属植物木槿的花,7月中、下旬选晴天早晨,花半开时采摘,晒干。本植物的根为木槿根(《纲目》),茎皮或根皮为木槿皮(《纲目》),叶为木槿叶(《履巉岩本草》),果实为木槿子(《纲目》)。

【诗歌鉴赏】

国风·郑风·有女同车

有女同车,颜如舜[1]华。

将翱将翔,佩玉琼琚。

彼美孟姜,洵美且都。

有女同行,颜如舜英。

将翱将翔,佩玉将将。

彼美孟姜,德音不忘。

[1] 舜:植物名。

【植物考辨】

根据《中药大辞典》可知舜为木槿。华、英：花。舜华、舜英均为木槿花。

【植物特征】

木槿，落叶乔木，高 3-4m。小枝密被黄色星状绒毛。叶互生；叶柄长 5-25mm，被星状柔毛；托叶线形；叶片菱形至三角状卵形，长 3-10cm，宽 2-4cm，具深浅不同的 3 裂或不裂，先端钝，基部楔形，边缘具不整齐齿缺。花单生于枝端叶腋间，花梗长 4-14mm，被星状短绒毛；小苞片 6-8，线形，长 6-15mm，密被星状疏绒毛；花萼钟形，密被星状短绒毛，裂片 5，三角形；花钟形，淡紫色，花瓣倒卵形，外面疏被纤毛和星状长柔毛；雄蕊柱长约 3cm；花柱枝无毛。蒴果卵圆形，密被黄色星状绒毛。种子肾形，背部被黄色长柔毛。花期 7-10 月。

【植物小档案】

木槿			
别名	木棉、荆条、朝开暮落花、喇叭花	界	植物界
门	被子植物门	纲	双子叶植物纲
亚纲	原始花被亚纲	目	锦葵目
科	锦葵科	族	木槿族
属	木槿属	种	木槿

【象思维看中药】

木槿花花萼钟形，裂片 5，根据河图、洛书可知，天五生土，地十成之，花期值于暑季，可知木槿花入脾经，可以清热利湿，治疗湿热所致泄泻、痢疾，白带，疮痈等。木槿花朝开暮落，随阳气的早晨生发、傍晚潜藏同步，肝主生、肺主收，故可入肺、肝经，清肺经、肝经之热，凉血消肿，治疗肺热咯血、便血。

【药性、功用】

木槿花，味甘、苦，性凉。归脾、肺、肝经。清热凉血，解毒消肿。主治肠风泻血、赤白痢疾，肺热咳嗽，咳血，白带，疮疖痈肿，烫伤。

【药性典籍】

《日华子》："治肠风泻血并赤白痢，炒用作汤，代茶吃，治风。"

《纲目》："消疮肿，利小便，除湿热。"

【植物小常识】

安徽徽州有名的木槿豆腐汤，就是把木槿花和豆腐一起煮制而成，食之花香，豆腐鲜嫩，香滑可口。木槿花可凉拌、炒制、做汤，能润燥除湿热，是一种天然保健食品。

【药膳或食疗推荐】

木槿花二钱（为末），入人乳半钟，将花末拌于乳内，饭上蒸熟，食之效。治疗妇人白带。（《滇南本草》）

取木槿花开而再合者，焙干为末，每用一钱，猪皮煎汤调下，食后临卧。治盗汗。（《小儿卫生总微论方》）

【拓展天地】 动动脑、练练手

请思考并写出描写该药物的诗句。

莲花

莲花(《日华子》),为睡莲科莲属植物莲的花蕾,6-7月间采收含苞未放的大花蕾或开放的花,阴干。

【诗歌鉴赏】

国风·郑风·山有扶苏

山有扶苏,隰有荷[1]华。

不见子都,乃见狂且。

山有乔松,隰有游龙,

不见子充,乃见狡童。

[1] 荷,植物名。

【植物考辨】

荷,植物名,又名莲,荷花即莲花。

【植物特征】

荷,又名莲,多年生水生草本。生于水泽、池塘、湖沼或水田内。根茎横生,肥厚,节间膨大,内有多数纵行通气孔洞,外生须状不定根。节上生叶,露出水面;叶柄着生于叶背中央,粗壮,圆柱形,多刺;叶片圆形,全缘或稍呈波状,上面粉绿色,下面叶脉从中央射出,有1-2次叉状分枝。花单生于花梗顶端,花梗与叶柄等长或稍长;花,芳香,红色、粉红色或白色;花瓣椭圆形或倒卵形,雄蕊多数,花药条形,花丝细长,着生于花托之下;心皮多数,埋藏于膨大的花托内,子房椭圆形,花柱极短。花后结"莲蓬",倒锥形,有小孔20-30个,每孔内含果实1枚;坚果椭圆形或卵形,果皮革质,

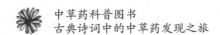
坚硬,熟时黑褐色。种子卵形,或椭圆形,种皮红色或白色。花期6-8月,果期8-10月。

【植物小档案】

荷花				
别名	荷花、菡萏、水芙蓉、芙蕖、莲花、碗莲、缸莲	界	植物界	
门	被子植物门	纲	双子叶植物纲	
亚纲	原始花被亚纲	目	毛茛目	
科	莲科	亚科	莲亚科	
属	莲属	种	荷花	

【象思维看中药】

莲生于水泽、池塘、湖沼或水田内。根茎内有多数纵行通气孔洞,如同人体肝脏,由肝总管、胆管,小胆管等管状组织构成,主疏泄、疏通,入肝经,可散瘀活血通络,生于水中,可以祛湿利水。

【药性、功用】

莲花,苦,甘,平。归肝、胃经。散瘀止血,去湿消风。主治跌打呕血,血淋,崩漏下血,天泡湿疮,疥瘙痒。

【药性典籍】

《日华子》:"镇心,益色驻颜。"

《滇南本草》:"治妇人血逆昏迷。"

《本草再新》:"清心凉血,解热毒,治惊痫。消湿去风,治疮疥。"

【植物小常识】

荷花的别称及典故

1、芙蓉

《尔雅》:"荷,芙蕖,别名芙蓉,亦作夫容。"《说文》:"芙蓉花未发为菡萏,已发未为夫容。"李时珍《本草纲目》:"芙蓉,敷布容艳之意。"

2、芙蕖

《尔雅·释草》："荷、芙蕖。……其华菡萏，其实莲，其根藕。"疏："皆分别莲茎、叶、华、实之名。芙蕖，未发为菡萏。"魏曹植《洛神赋》："迫而察之，灼灼芙蕖出绿波。"晋潘岳《莲花赋》："游莫美于春台，华莫盛于芙蕖。"

3、藕花

唐张籍《送从弟之苏州》诗："夜月红柑树，秋风白藕花。"宋陆游《同何元立赏荷花追忆镜湖旧游》："三更画船穿藕花，花为四壁船为家。"

4、水芙蓉

《群芳谱》："荷花亦称作芙蕖、水芙蓉。"因木本拒霜花花艳如荷花，故有"芙蓉"、"木莲"之称，为明其区别，故又称荷花为水芙蓉。

5、草芙蓉

《广群芳谱》"荷花：芙蕖花，一名水芙蓉。"注云："杜诗注云：产于陆者曰木芙蓉，产于水者曰草芙蓉。"

6、水华

李时珍《本草纲目》："莲花"释名："芙蓉、芙蕖、水华。"

7、水芝

普崔豹《古今注》下"草木"："芙蓉一名荷华，一名水目，一名水芝，一名水花。"《本草纲目》："《本经》谓莲子为'水芝丹'。"金元好问《泛舟大明湖》："晚凉一棹东城渡，水暗荷深若无路。江妃不惜水芝香，狼藉秋风与秋露。"

8、泽芝

《类聚》引晋郭璞《尔雅图赞·芙蓉赞》云："芙蓉丽草，一曰泽芝，……"刘宋鲍照《芙蓉赋》："访群英之艳绝，标高名于泽芝。"

9、灵草

魏曹植《芙蓉赋》："览百卉之英茂，无斯华之独灵。"吴闵鸿《芙蓉赋并序》："乃有芙蓉灵草，栽育中川。"

【药膳或食疗推荐】

以白荷花瓣贴之。治疗唇上生疮。（《丹溪治法心要》）

【拓展天地】 动动脑、练练手

请思考并写出描写该药物的诗句。

荭草

　　荭草（《别录》），为蓼科蓼属植物红蓼的茎叶，晚秋霜后，采割茎叶，茎切成小段，晒干；叶置通风处阴干。其花序为荭草花；果实为水红花子；根茎为荭草根。

【诗歌鉴赏】

> ### 国风·郑风·山有扶苏
> 山有扶苏，隰有荷华。
> 不见子都，乃见狂且。
> 山有乔松，隰有游龙[1]，
> 不见子充，乃见狡童。

[1] 游龙：植物名。

【植物考辨】

　　水草名。即荭草、水荭、红蓼。结合《中药大辞典》，游龙即为荭草。

【植物特征】

红蓼，一年生草本，茎直立，中空，多分枝，密生长毛。叶互生；托叶鞘筒状，下部膜质，褐色，上部草质，被长毛，上部常展开成环状翅；叶片卵形或宽卵形，先端渐尖，基部近圆形，全缘，两面疏生软毛。总状花序由多数小花穗组成，顶生或腋生；苞片宽卵形；花淡红或白色；花被5深裂，裂片椭圆形；雄蕊通常7，长于花被；子房上位，花柱2。瘦果近圆形，扁平，黑色，有光泽。花期7-8月，果期8-10月。

【植物小档案】

红蓼			
别名	荭草、红草、大红蓼、东方蓼、大毛蓼、游龙、狗尾巴花	界	植物界
门	被子植物门	纲	双子叶植物纲
亚纲	原始花被亚纲	目	蓼目
科	蓼科	亚科	蓼亚科
族	蓼族	属	蓼属
种	红蓼		

【象思维看中药】

荭草为红蓼的茎叶，晚秋霜后，采割茎叶，茎直立，中空，多分枝，与人体肝的解剖结构相似，可疏通气血，活血、祛风除湿，治疗血脉不通之痹痛。

【药性、功用】

荭草，辛，平，小毒。归肝、脾经。祛风除湿，清热解毒，活血，截疟。主治风湿痹痛，痢疾，腹泻，吐泻转筋，水肿，脚气，痈疮疔疖，小儿疳积，疝气。

【药性典籍】

《别录》："治恶疮，去痹气。"

《新修本草》："除恶疮肿，脚气，煮浓汁渍之。"

《全国中草药汇编》："祛风利湿，活血止痛。"

【植物小常识】

代表离别的红花

　　古时候，生活在江南水乡的人们最常用的交通工具不是车马，而是船只。每当有人要远走他乡，亲朋好友们就会聚集在码头送行。从初夏时节开始，在码头周围的河岸上，人们会发现一种野花，它们宽大的绿色叶片，配着红色的穗状花——这些野花成片出现在水边，就像火一般热烈，为送别的人们渲染着离愁别绪。这种以"红配绿"的方式出现的野花，就是蓼花，植物学家称它为红蓼、荭草，而民间则喜欢把它叫作狗尾巴红、狗尾巴花。唐朝有位诗人名叫司空图，写过一句关于蓼花的诗："河堤往往人相送，一曲晴川隔蓼花。"诗中将码头堤岸上人们送别的情景和水边的蓼花相呼应，也正是从这个时候起，蓼花作为代表离别的野花，在古人的生活中正式登场。

【药膳或食疗推荐】

　　荭草 120g，鸡蛋 1-2 枚，水煎服；或炖猪脚食。治疗风湿性关节炎。（《湖南药物志》）

【拓展天地】　动动脑、练练手

　　请思考并写出描写该药物的诗句。

茜草

茜草(《本草经集注》),为茜草科茜草属植物茜草的根及根茎。栽后 2-3 年,于 11 月挖取根部,晒干。

【诗歌鉴赏】

国风·郑风·东门之墠

东门之墠,茹藘[1] 在阪。

其室则迩,其人甚远。

东门之栗,有践家室。

岂不尔思?子不我即!

[1] 茹藘,植物名。

【植物考辨】

历代注家认识比较统一,结合《中药大辞典》,茹藘即茜草,可染红色。

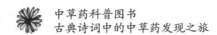

【植物特征】

茜草，多年生攀缘草本。根数条至数十条丛生，外皮紫红色或橙红色。茎四棱形，棱上生多数倒生的小刺。叶四片轮生，具长柄；叶片形状变化较大，卵形、三角状卵形、宽卵形至窄卵形，先端通常急尖，基部心形，上面粗糙，下面沿中脉及叶柄均有倒刺，全缘，基出脉5，聚伞花序圆锥状，腋生及顶生；花小，黄白色，5数；花萼不明显；花冠辐状，5裂，裂片卵状三角形，先端急尖；雄蕊5，着生在花冠管上；子房下位，2室，无毛。浆果球形，红色后转为黑色。花期6-9月，果期8-10月。

【植物小档案】

茜草			
界	植物界	门	被子植物门
纲	双子叶植物纲	亚纲	合瓣花亚纲
目	茜草目	科	茜草科
亚科	茜草亚科	族	茜草族
属	茜草属	种	茜草

【象思维看中药】

茜草外皮紫红或橙红色，红色善入血分，梗茎多倒生皮刺，善于附物攀缘，表面有细纵皱纹，具有收敛作用，可凉血止血。善于攀爬，可活血通络祛瘀，治疗各种血热、血瘀所致的各种血证及痛证。

【药性、功用】

茜草，苦、寒，归肝、心经。凉血止血，活血化瘀。主治血热咯血、吐血、衄血、尿血、便血、崩漏，产后瘀阻腹痛，风湿痹痛。

【药性典籍】

《本经》："主寒湿风痹，黄疸，补中。"

《别录》："止血，内崩下血，膀胱不足，"主痹及热中，伤跌折。"

《纲目》："通经脉，治骨节风痛。"

【植物小常识】

天然的染料

茜草为人类最早使用的红色染料之一，故茜草又名：破血草、染蛋草、红根草等。茜草所染不是红花那种鲜艳的真红，而是比较暗的土红，在印染界有专门的术语叫作 Turkey red（土耳其红）。杜燕孙氏在《国产植物染料染色法》一书中，对茜草的染色有详细的解说，对色素成分也有说明"茜草根中之色素为茜素、茜紫素、赝茜紫素三种，茜素为主要者。此物含于根中成配醣体，若用硝酸沸煮之，则在根内发酵，而成素。茜素之体，存在于新鲜之茜草根中，微溶于冷水，易溶热水、酒精及醚中，溶于咸性液内呈血红色……"古代不可能用硝酸来水解茜草配醣体，采用的是类似靛蓝的发酵水解法，通过微生物的作用将配醣体的贰键水解切断。然茜草素对棉纤维没有足够的亲和力，必须依靠铜、铝、铬等金属盐的媒染作用（古代就是采用红帆、蓝矾、白矾等天然重金属盐），在纤维和染料之间架起一座手牵手的"媒染"桥梁，以间接提高茜草素在纤维素上的亲和牢度。

【药膳或食疗推荐】

茜草一两。黄酒煎，空心服。治女子经水不通。（《经验广集》）

【拓展天地】 动动脑、练练手

请思考并写出描写该药物的诗句。

佩兰

　　佩兰(《本草再新》)，为菊科泽兰属植物佩兰的地上部分，每年可收割地上部分2-3次，在7、9月各收割1次，连续收割3-4年。本植物的花为千金花。

【诗歌鉴赏】

国风·郑风·溱洧

溱与洧，方涣涣兮。

士与女，方秉蕳[1]兮。

女曰观乎？士曰既且，且往观乎？

洧之外，洵訏且乐。

维士与女，伊其相谑，赠之以勺药。

溱与洧，浏其清矣。

士与女，殷其盈矣。

女曰观乎？士曰既且，且往观乎？

洧之外，洵訏且乐。

维士与女，伊其将谑，赠之以勺药。

[1] 蕳，植物名。

【植物考辨】

依据《中药大辞典》、《雷公炮制论》，蕑，为佩兰，也称大泽兰。

【植物特征】

佩兰，多年生草本，生于路边灌木丛或溪边，野生或栽培。根茎横走，茎直立，绿色或红紫色，下部光滑无毛。叶对生，在下部的叶常枯萎；中部的叶有短柄，叶片较大，通常 3 全裂或 3 深裂，中裂片较大，长椭圆形或长椭圆状披针形，上部的叶较小，常不分裂，或全部茎叶不分裂，先端渐尖，边缘有粗齿或不规则细齿，两面光滑或沿脉疏被柔毛，无腺点。头状花序多数在茎顶及枝端排成复伞房花序；总苞钟状，总苞片 2-3 层，全部苞片紫红色，外面无毛无腺点，先端钝；每个头状花序具花 4-6 朵，花白色或带微红色，全部为管状花，两性，花冠外面无腺点，先端 5 齿裂；雄蕊 5，聚药；雌蕊 1，子房下位，柱头 2 裂，伸出花冠外，瘦果圆柱形，熟时黑褐色，5 棱，无毛无腺点；冠毛白色。花、果期 7-11 月。

【植物小档案】

佩兰			
界	植物界	门	被子植物门
纲	双子叶植物纲	亚纲	合瓣花亚纲
目	桔梗目	科	菊科
亚科	管状花亚科	族	泽兰族
属	泽兰属	种	佩兰

【象思维看中药】

佩兰，夏秋季枝叶茂盛时采割，深得长夏敦厚土气，气味芳香为脾所喜，故入脾胃经。可化湿和中，芳香以醒脾，治疗各种暑湿引起来的各种病证。

【药性、功用】

辛、平，归脾、胃经。解暑化湿，醒脾和中。主治暑湿或湿温初起，发热头重，胸闷腹胀，脘痞不饥，恶心呕吐，口中甜腻，消渴。

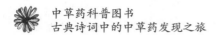

【药性典籍】

《本经》："主利水道，杀蛊毒，辟不祥，久服益气，轻身不老，通神明。"

《本草拾遗》："外主恶气，香泽可作膏涂发。"

【植物小常识】

传统香料

佩兰是中国古代的传统香料，女人和儿童最喜欢佩戴。佩兰的历史可以追溯到据今天 5000 多年前的炎黄时期，佩兰可以入药、燃烧芳香树木和熏香以敬神和清洁空气。节日期间，人们会通过佩戴佩兰驱疫避秽，夏季饮用去除湿热，减少夏季疾病，还会食用佩兰制作的粥食、汤羹以及药酒，来驱逐体内积存的毒素。

【药膳或食疗推荐】

用兰叶取汁洗之，日三上，瘥。治唇疮。（《普济方》）

【拓展天地】 动动脑、练练手

请思考并写出描写该药物的诗句。

白芍

　　白芍（《药品化义》），为芍药科芍药属植物芍药的根，8月采挖栽培3-4年生的根，除去地上茎及泥土，放入开水煮5-15分钟至无硬心，迅速捞起放入冷水里浸泡，随即取出用竹刀刮去外皮，晒干或切片晒干。

【诗歌鉴赏】

> **国风·郑风·溱洧**
>
> 溱与洧，方涣涣兮。
>
> 士与女，方秉蕑兮。
>
> 女曰观乎？士曰既且，且往观乎？
>
> 洧之外，洵訏且乐。
>
> 维士与女，伊其相谑，赠之以勺药[1]。
>
> 溱与洧，浏其清矣。
>
> 士与女，殷其盈矣。
>
> 女曰观乎？士曰既且，且往观乎？
>
> 洧之外，洵訏且乐。
>
> 维士与女，伊其将谑，赠之以勺药。

　　[1] 勺药：植物名，即"芍药"，一种香草。

【植物考辨】

芍药，植物名，为一种香草，与今之木芍药不同，本首诗歌中的"赠之以芍药"中芍药，应该指的芍药花。通过梳理考证历代本草专著对芍药、白芍、赤芍的记载，可知芍药之名始载于《神农本草经》，经魏晋南北朝 - 隋唐五代 - 宋金元 - 明 - 清代时期的继承和发展，赤白二芍的区别逐渐被认识。白芍和赤芍，《神农本草经》不分，统称为芍药，唐末宋初，才将其分开，古人讲"白补赤泻，白收赤散"，芍药的根为白芍或赤芍。笔者主要介绍白芍的药用价值。

【植物特征】

芍药，多年生草本，根肥大，纺锤形或圆柱形，黑褐色。茎直立，上部分枝，基部有数枚鞘状膜质鳞片。叶互生；茎下部叶为二回三出复叶，上部叶为三出复叶；小叶狭卵形、椭圆形或披针形，先端渐尖，基部楔形或偏斜，边缘具白色软骨质细齿，两面无毛，下面沿叶脉疏生短柔毛，近革质。花两性，数朵生茎顶和叶腋，苞片 4-5，披针形，大小不等；萼片 4，宽卵形或近圆形，绿色，宿存；花瓣倒卵形，白色，有时基部深紫色斑块或粉红色，雄蕊多数，花药黄色；花盘浅杯状，包裹心皮基部，先端裂片钝圆；蓇葖果 3-5 枚，卵形或卵圆形，先端具喙。花期 5-6 月，果期 6-8 月。

【植物小档案】

芍药			
别名	将离、离草、婪尾春、余容、犁食、没骨花、黑牵夷、红药等	界	植物界
门	被子植物门	纲	木兰纲
亚纲	蔷薇亚纲	超目	蔷薇超目
目	虎耳草目	科	芍药科
属	芍药属	种	芍药

【象思维看中药】

白芍饮片多为淡棕红色，味酸，入肝经血分，可养血平肝，疏肝敛肝，治疗肝经循行部位的疼痛，痛经、崩漏等血虚引起的病证。

【药性、功用】

白芍，苦、酸、微寒，归肝、脾经。养血和营，缓急止痛，敛阴平肝。主治血虚寒热，脘腹疼痛，胁痛，肢体痉挛疼痛，痛经，月经不调，崩漏，自汗，盗汗，下痢泄泻，头痛眩晕。

【药性典籍】

《本经》："主邪气腹痛，除血痹，破坚积，寒热疝瘕，止痛、利小便，益气。"

《别录》："主通顺血脉，缓中，散恶血，逐贼血，去水气，利膀胱大小肠，消痈肿，时行寒热，中恶，腹痛，腰痛。"

《纲目》："止下痢腹痛后重。"

【植物小常识】

有关芍药的古诗

柳宗元《戏题阶前芍药》
凡卉与时谢，妍华丽兹晨。
敆红醉浓露，窈窕留馀春。
孤赏白日暮，暄风动摇频。
夜窗蔼芳气，幽卧知相亲。
愿致溱洧赠，悠悠南国人。

卢储《官舍迎内子，有庭花开》
芍药斩新栽，当庭数朵开。
东风与拘束，留待细君来。

苏轼《送芍药与公择》
今日忽不乐，折尽园中花。
园中亦何有，芍药裹残葩。
久旱复遭雨，纷披乱泥沙。
不折亦安用，折去还可嗟。
弃掷亮未能，送与谪仙家。

还将一枝春，插向两鬓丫。

【药膳或食疗推荐】

补气益血、美白润肤：白芍 5g、白术 5g、茯苓 5g、排骨 150g 或瘦肉 100g，生姜 3 片。

【拓展天地】 动动脑、练练手

请思考并写出描写该药物的诗句。

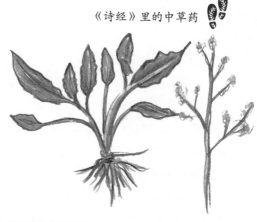

酸模

酸模（《本草经集注》），为蓼科酸模属植物酸模的根。夏季采收，晒干或鲜用。

【诗歌鉴赏】

国风·魏风·汾沮洳

彼汾沮洳，言采其莫[1]。

彼其之子，美无度。

美无度，殊异乎公路。

彼汾一方，言采其桑。

彼其之子，美如英。

美如英，殊异乎公行。

彼汾一曲，言采其藚。

彼其之子，美如玉。

美如玉，殊异乎公族。

[1] 莫：草名。即酸模，又名羊蹄菜。多年生草本，有酸味。

【植物考辨】

"莫"是个多音多意字。在《诗经》里，"莫"的出现频率很高，多达十几处。在不同的诗句里，其读音表意也不相同。《魏风·汾沮洳》"彼汾沮洳，言采其莫"之"莫（mù）"是一种植物，现今各种工具书和《诗经》读物都解释为是蓼科多年生草本植物，即酸模。有的还说酸模又名羊蹄菜，有酸味。

酸模，又称遏蓝菜、酸溜溜。蓼科酸模属（萹蓄属）多年生草本。根为须根。高40-100cm，通常不分枝。基生叶和茎下部叶箭形，全缘或微波状；雌雄异株；花序顶生，雌花内花被片果时增大，近圆形，全缘，基部心形；瘦果椭圆形，具3锐棱。产我国南北各省区。生山坡、林缘、沟边、路旁。全草供药用，有凉血、解毒之效；

嫩茎、叶可作蔬菜及饲料。

《诗经》《魏风·汾沮洳》"彼汾沮洳，言采其莫"之"莫"就是酸模吗？

古今都说《尔雅》里的"须"是酸模。《尔雅·释草》"须，蕵芜。"郭璞"蕵芜似羊蹄，叶细，味酢，可食。"似羊蹄叶细味酸的酸模属植物有很多种，但只有酸模是须根，《尔雅》里的"须"之名称，会不会与酸模的须根有关系呢？

陆玑《毛诗草木疏》："莫，茎大如箸，赤节，节一叶，似柳叶，厚而长。有毛刺。今人缲以取茧绪。其味酢而滑，始生可以为羹，又可生食。五方通谓之酸迷，冀州人谓之乾绛，河、汾之闲谓之莫。"《康熙字典》《辞海》等工具书里也都引用的这一解释，但都没有直接指出是酸模。

从"酸迷"和"乾绛"这两个"莫"的俗称来看，应该指的是酸模属植物——"酸迷"与"酸模"音近；据《周易参同契·鼎器歌》"天鼎，乾；绛宫，汞。"天鼎是指炼汞的容器，绛宫是炼汞的容器盛炼汞材料的部分，《本草纲目》在介绍酸模时说，"其根赤黄色。连根叶取汁炼霜，可制雄、汞。""乾绛"之名可能是与酸模可炼汞有关。

蓼科酸模属植物我国有 26 种，2 变种，符合陆玑说的"茎大如箸，赤节，节一叶，似柳叶，厚而长，有毛刺"这些特征酸模属植物有四种，即齿果酸模、黑龙江酸模、刺酸模、长刺酸模。齿果酸模的植株相对粗大，叶子不似柳叶；黑龙江酸模高 10-30cm，植株矮小，不多见，叶子也不似柳叶。长刺酸模和刺酸模的上部茎叶有些像柳叶，但长刺酸模高可达 1m，其茎肯定比筷子粗的多。比较而言刺酸模更符合上述特征。

《本草纲目》对酸模的描述是："一种极似羊蹄而味酸，""生山冈上，状似羊蹄，叶小而黄。茎叶具细，节间生子，若茺蔚子。"李时珍曰："平地亦有，根也花形并同羊蹄，但叶小味酸为异。其根赤黄色，连根也取汁炼霜，可制雄汞。"

概括起来，《本草纲目》里的"酸模"有以下特征：根、叶、花形似羊蹄而茎叶稍细；叶的颜色较羊蹄稍黄；味酸；节间生子，若茺蔚子；生山冈上。

"味酸"这一特征是羊蹄、酸模、巴天酸模等部分酸模属植物的共性，没有参考价值。

"根、叶、花形似羊蹄而茎叶稍细，生山冈上"也是部分酸模属在植物的共性，只能做参考。

"节间生子，若茺蔚子（益母草）"是指果序轮状排列，花轮间断；符合这一特征的只有齿果酸模。

很明显，陆玑《毛诗草木疏》和《本草纲目》所说也不是今之酸模。今之酸模是须根，而羊蹄和齿果酸模、刺酸模等都是直根；酸模茎、叶、果实皆光滑无刺，高达1m，茎比筷子（箸）粗的多，叶也不似柳叶；酸模是的花序是顶生狭圆锥状，不是节间生子，也不似（益母草）茺蔚。酸模多生山坡、林缘、沟边、路旁，不一定是湿地。

当代的《中药大辞典》、《全国中草药汇编》、《中华本草》都说今之酸模就是古代本草书籍里的酸模，就是《尔雅·释草》里的"须，葖芜"，似不准确。但作为中药基材则无可非议。

【植物特征】

酸模，生于路边、山地及湿地。多年生草本，根肉质，黄色。茎直立，通常不分枝，无毛，或稍有毛，具纵沟纹，中空。单叶互生；叶片卵状长圆形，先端钝或尖，基部箭形，全缘，有时略呈波状，上面无毛，下面及叶缘常具乳头状突起；茎上部叶较窄小，披针形，具短柄，或无柄且抱茎；基生叶有长柄；托叶鞘膜质，筒状，破裂。花单性，雌雄异株；花序顶生，狭圆锥状，分枝稀，花数朵簇生；雄花花被片6，椭圆形，排成2轮；雄蕊6，花丝甚短；雌花的外轮花被片反折向下紧贴花梗，内轮花被片直立，花后增大包被果实，圆形，全缘，各有一不明显的瘤状突起；子房三棱形，柱头3，画笔状，紫红色。瘦果三棱形，黑色，有光泽。花期5-6月，果期7-8月。

【植物小档案】

酸模			
别名	野菠菜,山大黄、当药、山羊蹄、酸母、南连	界	植物界
门	被子植物门	纲	木兰纲
亚纲	原始花被亚纲	目	蓼目
科	蓼科	亚科	酸模亚科
族	酸模族	属	酸模属
亚属	酸模亚属	种	酸模

【象思维看中药】

酸模，根肉质，黄色，可入脾，花果期为夏暑之际，可清热利湿利尿，治疗小便不利，淋证、湿疹等。

【药性、功用】

酸模，酸、微苦、寒，凉血解毒，泄热通便，利尿杀虫。主治吐血，便血，月经过多，热痢，目赤，便秘，小便不通，淋浊，湿疹。

【药性典籍】

《本草经集注》："根疗疥。"

《贵州民间方药集》："利便，解热，利尿，治五淋。"

【植物小常识】

田边"大叶草"，根含"黄金"，价值高

被误认为杂草的酸模，在我国古代，它被尊称为"土大黄"或"金不换"，这源于其丰富的药用价值。一则流传甚广的民间故事描述，在洪武年间，某地区的人们全部得了流行性肿毒，一时间病倒了很多人，处于绝望之中。然而，一位行脚大夫凭借土大黄以及其他材料制成的药剂，成功治愈了这场肿毒的疫情。从那以后，土大黄便被誉为"救命王"。由于其能救命的价值，土大黄被视作比黄金还要珍贵的宝物，因此得名"金不换"。酸模的药用价值源自它的根部，它的根部颜色鲜黄，被古人视为"黄金"。除了药用价值外，酸模也是一种极好的野菜。尤其在春季，可以采摘酸模的嫩茎叶来食用。这种野菜富含维生素 A、维生素 C、草酸及多种矿物质元素，营养价值极高。但因为其嫩茎叶中草酸含量高，故有酸溜的口感，因此在民间，多作调味食用，提供了类似醋的口感。酸模的全身无一不是宝藏。无论是枝叶还是地下的根，都有着极高的药用和食用价值。然而，随着社会的发展和人们生活水平的提高，这种有价值的植物逐渐被遗忘，真正成了"野草"。这也许是因为，现代人对酸模的了解和利用并没有像古人那样深入。

【药膳或食疗推荐】

酸模根 20-60g，水煎服。治疗便秘。（《浙江民间常用草药》）

【拓展天地】 动动脑、练练手

请思考并写出描写该药物的诗句。

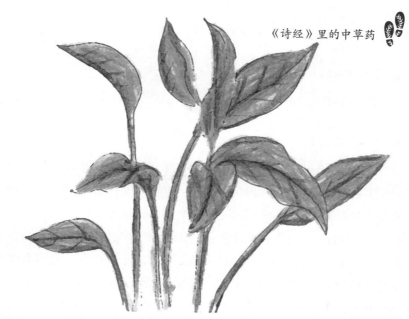

泽泻

泽泻（《本经》），为泽泻科泽泻属植物泽泻的块茎。于移栽当年 12 月下旬，大部分叶片枯黄时收获，挖出块茎，留下中心小叶，以免干燥时流出黑汁液，用无烟煤火炕干，趁热放在筐内，撞掉须根和粗皮。本植物叶为泽泻叶（《别录》），植物的果实为泽泻实（《别录》）。

【诗歌鉴赏】

国风·魏风·汾沮洳

彼汾沮洳，言采其莫。

彼其之子，美无度。

美无度，殊异乎公路。

彼汾一方，言采其桑。

彼其之子，美如英。

美如英，殊异乎公行。

彼汾一曲，言采其藚[1]。

彼其之子，美如玉。

美如玉，殊异乎公族。

[1] 藚（xù 序）：植物名。

【植物考辨】

蕦（xù 序）：药用植物，即泽泻草。多年生沼生草本，具地下球茎，可作蔬菜。

【植物特征】

泽泻，生于沼泽边缘或栽培。多年生沼生植物，地下有块茎，球形，外皮褐色，密生多数须根。叶根生，叶柄基部扩延成叶鞘状；叶片宽椭圆形至卵形，先端急尖或短尖，基部广楔形、圆形或稍心形，全缘，两面光滑。花茎由叶丛中抽出，花序通常有 3-5 轮分枝，分枝下有披针形或线形苞片，轮生的分枝常再分枝，组成圆锥状复伞形花序，小苞片皮针形至线形，尖锐；萼片 3，广卵形，绿色或稍带紫色，宿存；花瓣倒卵形，膜质，较萼片小，白色，脱落；雄蕊 6；雌蕊多数，离生，子房倒卵形，侧扁，花柱侧生。瘦果多数，扁平，倒卵形，背部有两浅沟，褐色，花柱宿存。花期 6-8 月，果期 7-9 月。

【植物小档案】

泽泻			
别名	水泽、如意花等	界	植物界
门	单子叶植物纲	纲	单子叶植物纲
亚纲	泽泻亚纲	目	沼生目
亚目	泽泻亚目	科	泽泻科
属	泽泻属	种	泽泻

【象思维看中药】

泽泻生于池泽，功能泻水，故名。近水而生，禀甘寒淡渗之性，下趋入肾而走膀胱，故益泄利下焦湿热见长。泽泻块茎有纹孔，用以通气疏利，是利水道、渗湿浊的性状依据之一。

【药性、功用】

甘、淡、寒，归肾、膀胱经。利水渗湿，泄热通淋。主治小便不利，热淋涩痛，水肿胀满，泄泻，痰饮眩晕，遗精。

【药性典籍】

《本经》:"主风寒湿痹,乳难,消水,养五脏,益气力,肥健,久服耳目聪明,不饥,延年轻身,面生光,能行水上。"

《别录》:"补虚损五劳,除五脏痞满,起阴气,止泄精,消渴,淋沥,逐膀胱,三焦停水。"

【药膳或食疗推荐】

泽泻 15g,猪苓 9g,白头翁 15g,车前子 6g,水煎服。治急性肠炎(《青岛中草药手册》)

【拓展天地】 动动脑、练练手

请思考并写出描写该药物的诗句。

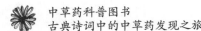

榆白皮

榆白皮（《药性论》），为榆科榆属植物榆树的树皮、根皮。春秋季采收根皮；春季或 8-9 月间割下老枝条，立即剥去内皮晒干。

【诗歌鉴赏】

国风·唐风·山有枢

山有枢，隰有榆[1]。

子有衣裳，弗曳弗娄。

子有车马，弗驰弗驱。

宛其死矣，他人是愉。

山有栲，隰有杻。

子有廷内，弗洒弗扫。

子有钟鼓，弗鼓弗考。

宛其死矣，他人是保。

山有漆，隰有栗。

子有酒食，何不日鼓瑟？

且以喜乐，且以永日。

宛其死矣，他人入室。

[1] 榆，植物名。

【植物考辨】

榆科榆属植物我国产 25 种 6 变种，其中美国榆、欧洲白榆、常绿榆为引种栽培。近些年又有垂枝榆、中华金叶榆、花叶榆等多个园艺种或栽培变种。长江流域及以北常见的野生树种有榆树、旱榆、黑榆、春榆（黑榆变种）、大果榆、榔榆、兴山榆等。

榆，既是榆类植物的统称，又专指榆树。

榆树又称榆，白榆等。因常见于村旁路边，因此又称家榆。落叶乔木，高达25m，胸径达 1m。在干瘠薄之地常成灌木状。小枝无膨大的木栓翅。花先叶开放。

榆树历来和农村人们的生活密切相关。榆叶、榆皮以及果实榆钱，不仅是过去荒年首选的救荒野菜，而且还是调剂口味的鲜美之味。从《本草纲目》介绍里我们可以看到，古人把榆树叶、果、皮的吃法和用途都发挥到了极致：水煮、油炸、做羹、渍酱、潦瀹、酿酒，或磨成榆皮粉，等等。其木除了用作檩、梁，制作家具、工具外，枝干作薪柴，木皮可生火（留火）和制作黏合剂；嫩叶、榆钱、木皮都入药，有通便、利水道、除邪气等功效。

【植物特征】

榆树，生于河堤、田埂和路边，山麓、沙地上亦有生长。落叶乔木，树干端直，树皮暗灰褐色，粗糙，有纵沟裂；小枝柔软，有毛，浅灰黄色。叶互生，纸质；叶柄有毛；叶片倒卵形、椭圆状卵形或椭圆状披针形。花先叶开发，簇生成聚伞花序，生于去年枝的叶腋；花被钟形，4-5 裂；翅果近圆形或倒卵形。种子位于翅果中央。花期 3-4 月，果期 4-6 月。

【植物小档案】

白榆			
别名	家榆、榆树	界	植物界
门	种子植物门	亚门	被子植物亚门
纲	双子叶植物纲	亚纲	金缕梅亚纲
目	荨麻目	科	榆科
属	榆属	种	白榆

【象思维看中药】

榆白皮，为榆树的树皮，树皮暗灰褐色，粗糙，有纵沟裂，暗灰褐色入膀胱、肾经，可利水通络消肿。

【药性、功用】

甘，微寒。归肺、脾、膀胱经。利水通淋，消肿解毒。主治淋证，水肿，痈疽发背，瘰疬。

【药性典籍】

《本经》："主大小便不通，利水道，除邪气。"
《别录》："主肠胃邪热气，消肿，疗小儿头疮痂疕。"

【植物小常识】

榆钱是榆树的果实，又称榆英、榆实、榆子、榆仁、榆荚仁。春暖花开时，榆树长出一串一串形圆薄如钱币的榆荚，故而得名榆钱，又由于它是"余钱"的谐音，因而就有吃了榆钱可以有余钱的说法。榆钱是民间的一种优质野生食品资源，味道甜美，可生食或者蒸食。

【药膳或食疗推荐】

榆树皮烧灰存性，为末。糟茄蘸擦。治疗紫癜、白癜风。（《卫生易简方》）

【拓展天地】 动动脑、练练手

请思考并写出描写该药物的诗句。

知识拓展|

藏在《诗经》里的鱼儿家族

鳣（zhān）：黄鱼

鲔：鲟鱼

鲿：黄颊鱼

鲨：吹沙鱼

鲂：鳊鱼

鳢（lǐ）：黑鱼

鰋（yǎn）：鲇鱼

鲤（lǐ）：鲤鱼

鳏（guān）：鲲鱼

鱮（xù）：鲢鱼

藏在《诗经》里的马儿家族

骕（yù）：黑身白胯的马

骊（lí）：纯黑色的马

骓（zhuī）：苍白杂色的马

駓（pī）：毛色黄白相杂的马。
    亦称"桃花马"

駽（xīn）：赤黄色的马

骐：青黑色相间的马

驒（tuó）：青色而有鳞状斑纹的马

骆：黑身白鬃的马

骝（liú）：赤身黑鬃的马

雒（luò）：黑身白鬃的马

駰（yīn）：浅黑间杂白色的马

騢（xiá）：赤白杂色的马

驔（diàn）：黑身黄脊的马

骝（liú）：赤身黑鬛的马，即枣骝马

騧（guā）：黄马黑嘴

騵（yuán）：赤毛白腹的马

驖（tiě）：毛黑色毛尖略带红色的马

骖（cān）：四匹马驾车时两边的马叫骖

騋（lái）：高七尺的马

驹（jū）：小马

跋

　　本书并不是一本赏析解构《诗经》中诗歌的书，而是一本关于中草药的中医科普书。本书对中草药的编写体例是按照以下 7 方面编写的：诗歌简介、植物考辨、植物特征、象思维看中医、中药功效、中药典籍选摘、中草药相关知识趣闻。我们选取了一些描写中草药的《诗经》中的诗歌来介绍中草药的所属植物的植物学特点，进而引出可入药的植物部位，或是根、或是茎、或是叶、或是花……从传统文化的"象思维"并结合植物的特性来认识和了解《诗经》中的中草药及中草药的治疗作用。让读者从中既学习了中草药的植物学特征及中草药的功效主治，又能体会华夏祖先的智慧，同时结合一些中草药的历史典故，更详细的理解中草药的相关特效，是我们编写此书的初衷。

　　感谢费晓光老师在每个"植物考辨"部分编写过程中查阅大量资料，尽量忠于《诗经》中诗歌描写植物的原貌，本书大量植物及中草药的图片由 Cathy 李老师绘制。在此一并表示感谢！

编者

甲辰年孟春于仁术斋